利休ノート

# いしたたき

たぢから こん

郁朋社

# 利休ノート　いしたたき／目次

装丁／宮田麻希

利休ノート

# いしたたき

（もういい）と利休は思った。

秀吉から堺への蟄居を申し渡されたとき、（来るべき時が来ただけだ）と不思議と冷静だった。なぜなら、この一年ほど二人の関係が、ぎくしゃくと音を立て始めていたからである。

なかでも二人の間で明確な隔たりを生んだのが、小田原で弟子の山上宗二が処罰されたときだ。反骨を理不尽が一蹴して幕は下りたはずだった。

しかし、利休の中では下りたはずの緞帳《どんちょう》の裏で、押し込めていた気分が、熱湯の中で貝が口を開けるように姿を現したのである。

聚楽第を出て淀川を下る舟の中は独りだった。そして、揺れる舟に身を預けながら、軽く閉じた眼の中は、宗二がことあるごとに秀吉に逆らい彼を嘲笑した光景である。

思えば宗二の言葉は己の考えでもある。それが利休自身は権力者の側で同朋衆《どうぼうしゅう》という身分に甘んじて、茶人の矜持を忘れていたのだ。

信長が倒れたとき、茶人としての自分の役目は達せられたと思ったはずである。茶頭になった当初、武人達がみな、茶の静寂さを求めているのだと思った。だが、現実をみれは、そこにあったのは営利出世を望む人間達の煩悩だけである。

従って、秀吉の茶頭への招聘を固辞した。なぜなら、信長が倒れる前の織田家中を取り巻き始めた暗雲の正体を見てきたからである。それが再三の固辞にもかかわらず、ずるずると天下人（秀吉）の茶頭に即いたのは権力の中枢にいるという未練があったからに他ならない。

それでもそのようなことがなかったように、老人の孤独を乗せた舟は寒風に誘われて淀川を静かに下っていく。

# 一、嫉妬の先

一つの黒い影が安土城の大手門から伸びる大手道を避けて、その西にある七曲がり道から黒金門に入ると信長の本廟を目指して進んでいく。

二の丸を越えると天守台下の本廟は目と鼻の先である。ほの暗くなりつつある石段を飛び跳ねるように上る影の動きに迷いがない。まるで日の暮れと競うように上っていく。

影は本廟まで来るとその前で逡巡したが、すぐに館の一隅に吸い込まれるように消えた。


信長の居室前の廊下に、急を知らせるような衣擦れの音と板を擦るような足の運びが近づいてきて部屋の前で止まった。

「殿、烏丸殿がお目通りを願っておりますが……」

信長の御側衆で元服前と思われる若侍が襖越しに声をかけた。

「……」

信長は部屋にいるはずである。音のしない閉じられた襖を見ながら、急使と若侍は低頭したまま信長の返事を待った。

部屋からはすぐに返事がない。庭の木々を揺らす風が少しずつ強くなった。烏丸と呼ばれた小柄な男は駆けてきた勢いで火照っていた躯に、十一月の夕闇とともに忍び寄る冷えで鳥肌をたて始めている。それでも信長への報告の手順を頭で何度も繰り返した。

そのとき、部屋の中で聞き取れぬほどのやりとりが聞こえて、突然二人の前の襖が開いた。

「烏丸か、入れ！」

二人の前に立っていたのは信長の吏僚《りりょう》ともいうべき村井貞勝だった。

この時代に『吏僚』と呼ばれる役職は存在していないが、平時における信長の行政官といったところだ。信長は軍師と呼ぶべき家臣を持たなかったが、その下で内政や外交に力量を示したのが村井貞勝と島田秀満の二人である。

二人が歴史に登場するのは、弟信行（信勝）が信長へ反旗を翻し『稲生《いのう》の戦い（弘治二年・一五五六）』で破れた時、信行を溺愛していた生母土田御前の助命嘆願を取り持ったのが村井貞勝である。

この戦では信行が助命されただけでなく、信行を担いだ老臣柴田権六（勝家）も一命を救われている。信長が家族や老臣に見せた優しさと思えなくもないが、正直この時代の織田家には、これまで家を支えてきた老臣を失う余裕などなかったのである。

この功により貞勝は信長の側近として仕えていくことになる。

後年、信長が入京すると、将軍邸の造営や都での信長の宿所建設に活躍していく。

そして、将軍義昭追放後、村井貞勝は京都所司代として、都の行政・警察、朝廷との連絡等の役目を担っていくのである。

天正六年（一五七八）のこの時点では、信長が四十五歳、村井貞勝は五十八歳である。

色白で卵を立てたような小顔に、この男の頑迷さなど微塵も感じられない。

二人の年齢差からも分かるように、信長はこの頭の薄くなった老臣を重用している。その証拠に、貞勝は本能寺で信長の最期に殉じているのだ。

貞勝が襖の前で体を開くと、烏丸と呼ばれた黒装束の男が吸い込まれるように部屋に入っていく。

烏丸を案内してきた若侍が部屋の奥に頭を下げて襖を閉めようとしたときである。若侍のもとに貞勝が駆け寄ると、「その方は急ぎ明かりをもって参れ！」と命じると見られてはまずいものでも隠すように音を発てて襖を閉めた。

そして素早く自分が座っていた場所に戻ると二人を交互に見つめた。烏丸がもたらす諜報はその内容によって取り次ぐ相手が決められている。それが、今日は信長の御座所までやってきているのだ。貞勝は諜報が織田家へどのような大きな意味を持つものかすぐにでも知りたいと思った。

二十畳ほどある部屋の一段高い御座所に信長を認めると、烏丸は小さな躯を海老のように曲げると深々と頭を畳に付けた。

信長は烏丸を見ながら拡げていたらしい地図のような紙片を折り込んでいる。

「ご苦労だの、こちらへ参れ！」

烏丸がかしこまって信長の側に寄ると、貞勝も信長と烏丸の間に座った。

「備中で何かあったか？」

信長は烏丸を見ずに、わざと抑揚のない声で訊いた。

「いえ、備中の戦況は先日申し上げたことから、さほど進展していないと思われます……」

烏丸は戦況に変化が見られないのに、ここへ座っている自分が居心地の悪くなるような気がした。なぜなら、信長とこうして直に対面するのは二度目だからである。

その烏丸の緊張をほぐすように貞勝が言葉を挟んだ。

「それにしても、これまで五日に一度だった戦況報告が、なぜ二日目の今日できるのだ？　この速さに訳があるのか？」

貞勝の二日という言葉に信長は反応した。

「なるほど筑前め、備中からこの安土までの距離六十里を二日に縮めたということであるか……」

そう言うと何かを掴んだように哄笑した。そして、二日で安土へ戦況を報告するためには、その道中に何カ所かの中継点がなくてはならない。つまり、このときまでに秀吉がその拠点を確保したのに違いなかった。

二人が瞠然《どうぜん》としているのを見て、烏丸は忘れ物を思い出したように懐から畳まれた封書を取り出した。

「これでございます」

差し出された封書を貞勝が受け取ると向き直って信長に手渡そうとした。

「貞勝、開けてみよ！」

貞勝が黙礼して言われたとおり封書を開くと、毛利・宇喜多勢との交戦状況が書かれている。簡略な地図の上に対峙する布陣とおよその人数が書き込まれていて、その末尾に秀吉の花押が見えた。

日付は烏丸の言うとおり二日前である。戦況報告は一進一退を極めてはいるが、少しずつ敵を追い詰めているのが分かる。秀吉が大仰に頭を下げて報告する姿が見えるようで、信長は『猿め』と心の内でつぶやいた。

このとき秀吉が確立した道中拠点が本能寺の変での『中国大返し』の基礎になったことは言うまでもない。そして、この時活躍したのが烏丸らの馬廻衆である。彼らの役目は折々に決められていて、少人数の集団が一つの役目に集中して目的を果たしていく。言わば忍びのような集団である。


やがて襖越しにかすかな足音がして、先ほど明かりを命じられた御側衆の声がした。

「明かりをお持ちしました。入ってもようございますか？」

「おう、すぐに持って参れ！」

貞勝の指示に従うように二人の若者が用意してきた明かりを信長の左右に置いた。

気がつくと烏丸が黒金門を潜ったとき琵琶湖の西にある比叡山に落ちかけていた陽が、信長の本廟へ闇を引き連れつつある。

「戻ったら筑前に伝えよ！　よくぞ二日でしてのけたと」

持ち込まれた明かりで信長の顔が満足げに高揚している。

貞勝は信長の言葉を聞きながら秀吉の思いも寄らぬ力に、微かに不安を感じた。

御側衆の若者二人が部屋を出て襖を閉めると、烏丸は膝つめで半歩信長ににじり寄った。

「実は其れがし、筑前様より別に密書を預かっております」

そう言いながら脇の小柄《こづか》を抜くと鞘の止め口を割った。同時に小さく畳まれた密書が出てきた。小さく折られているので、広げても刀の鐔《つば》ほどの紙片である。

貞勝が手に取ると開かずに信長に密書を渡した。信長が開く手元に二人の目が釘付けになっている。

信長は細々と書かれた文字を確かめるように明かりを寄せた。

素早く読み終わると軽く眼を閉じて逍遥している。

「如何なされました？」

貞勝の問いかけに信長は薄く眼を開いて、手にした密書を貞勝に渡した。

小さな字面を追いながら貞勝の顔が曇っていくのが分かった。そして、紙片を元通りに折りたたむと紙片を握ったまま手を膝の上に置いた。

「如何なることでござりましょうや？　筑前は何を考えておるのやら……」

場の空気が重くなるのが分かった。

「貞勝、このことはお主がしかと確かめよ。そして、何か分かったら儂に遠慮なく申せ。よいな！　それから、烏丸は筑前へ信長承知とだけ伝えよ」

信長の最後の言葉を聞き終えると烏丸は頭を下げたまま部屋から辞去した。


部屋にいるのは信長と貞勝の二人だけである。

「儂の陣営にほころびが出始めたということか？」

唐突に届いた密書の文面に信長は渋顔をつくった。

「さて、この話がどこまで信用できるか、これまでとは別に注意して掛かる必要が出てきましたな」

信長は貞勝の言葉を聞きながら、遠くを見るような眼で、ほころびの原因を探している。

「まさか手取川の戦の折り、儂が筑前を叱責して中国攻めを申しつけた意趣返しであるまいな」

（手取川の戦い）とは織田と上杉謙信との同盟が崩れ、双方が対峙した戦である。天正三年（一五七五）八月、越前一向一揆を殲滅した織田軍はその余勢をかって、軍勢を北ノ庄城に配置、柴田勝家を大将としてその与力に前田利家・佐々成政・不破光春（府中三人衆）をつけた。

天正四年（一五七六）には加賀へ侵攻し加賀一向一揆を鎮圧平定した。しかし、こうした信長の動きに、それまで同盟関係だった上杉謙信が、急速な信長軍の侵攻に異をとなえ対立していくことになる。

謙信は信長の勢力が一向衆を蟻でも踏みつぶすような残忍さで、急激な勢いで版図を広げていくのを恐れたのである。

何時の時代でも言えることだが、戦というものは姑息に僅かな利害を天秤に掛けて、その軽重で考えを変えていく。

この年の五月、謙信は対立関係にあった石山本願寺（蓮如）と和解し、将軍足利義昭が画策する信長包囲網に加わるという事態になった。

つまり、信長の越中進出は、一向衆と手を組んだ謙信とも戦わなければならない状況になったのである。

十一月、謙信は能登へ侵攻し守護・畠山氏の居城（七尾城）を包囲した。七尾は能登と越中をつなぐ要所であったから、この城の奪取は重要であった。

そのとき織田軍は加賀国湊川まで進出していたが、上杉軍が七尾に接近していたことにまったく気づいていなかった。

柴田勝家を総大将とする織田軍は、七尾に向かって手取川まで軍を進めてしまっていた。

手取川は急流で知られており、かつて木曽義仲がこの川を渡るとき、家臣に（互いに手を取りながら渡れ）といった故事に由来している。

つまり、勝家の率いる織田軍がこの川を渡り切ったとき、将兵の多くが疲労困憊した状況に置かれていたのである。

ここへ上杉軍の先端が現れて、川を背に織田軍は背水の陣となってやむなく撤退することになった。いわば負け戦である。

この状況を打開するために七尾の柴田軍から援護の要請が信長に届けられている。信長は要請に素早く反応した。そして援軍として派遣されたのが、丹羽長秀・滝川一益・羽柴秀吉らであった。

ところが援軍を得ても戦況の改善が思わしくいかなかった。

この時代の戦闘は確かに将兵の数や兵站に左右されたが、それ以上に戦況を支配したのは双方が背負っている地政学的な有利・不利である。

この戦いでは投入された援軍の数にもかかわらず勝機をつかめずにいた。そのうち作戦中にもかかわらず戦線を離脱する者が出てくる。中でも、秀吉は勝家との意見対立から勝手に自軍を引き上げてしまったのだ。

このことに信長が激怒し秀吉を罵倒したのである。そして信長はこの時のことを秀吉が根に持っているはずだと思っている。

しかし、秀吉は再度指示された中国征伐の成功はもとより、汚名挽回の一つとして、自分が知り得た情報を密告してきたのだと考えられぬこともなかった。

なぜなら信長は秀吉を子飼いの家臣の中で最も信頼してきた。その証拠に、安土城は大手門を潜ると、すぐ右に前田利家の館があり。さらに上ると左手に羽柴秀吉の館が、それぞれ大手道を守るように建てられている。そこをさらに上ると徳川家康の館が右脇に立てられていた。

つまり、三人の家臣によって、城が守られるという形をしているのである。

「あの男の殿への信頼は異常なほどのものですから、間違っても意趣返しなどではないと存じます」

信長の不安を打ち消すように貞勝は言った。こうした信長の微妙な心の動きを敏感に読み取りそれを払拭していく。貞勝が信長に重宝されてきた理由がそれである。

「それにしても光秀が何故、徳川と通じなければならぬのか。言うなれば三河も我が家臣ぞ……」

信長は不安を振り払うように語気を荒げた。

「恐れながら、三河殿に殿の家臣という自覚がございましょうか。織田勢とは申せ、三河一国の城主であることに間違いはないのですから」

信長は貞勝の思わぬ言葉に、自分が陶酔してきた数々の戦を、見直すように振り返った。そして、今まではっきりしてこなかった不安の始まりについて思い当たることがあった。

それは嫡男・信忠に家督を譲った（天正三年・一五七五）ときのことである。戦国という乱世の中で、まだ固まり始めたばかりの時代に、それを切り拓いてきた多くの家臣を飛び越えて、戦功の少ない息子に権力が禅譲されたという事実である。

とはいっても信長が後見として控えていることには違いはないが、世襲が生み出す脆弱という不安に誰もが身構えたのに違いなかった。

「儂は筑前の申す木俣守勝を見たことがある。確か、神吉城を攻め落としたとき、光秀が五十石加増した男だ。光秀の言葉を借りれば徳川に愛想を尽かし、光秀を頼って仕官した男だのう。二十歳そこらの若者であったが、ひとかどの武将のような面構えであった。光秀は男が徳川の家臣であったことを儂に隠してはおらぬ。はっきり申して、光秀も馬鹿ではあるまい。徳川の間者であれば気づいておろうよ……」

「確かに殿の仰せはごもっともとは存じますが、筑前がわざわざこうした文を寄越したのにはそれなりの確証があるのではござりませぬか？」

二人は突然に持ち込まれた懸念に正直、これといった考えがすぐには思いつかなかった。

この年の二月に加古川で毛利討伐の軍議が行われたが、秀吉と別所が決裂して『三木合戦』が始まった。そのとき神吉城主・神吉頼定は同族の赤松氏一族である別所についた。この結果、秀吉は頼定に攻められて三木の大村坂で敗退することになる。

しかし、秀吉はあきらめずすぐに敵の周辺一つずつ切り落とす作戦にでる。

まず、四月に野口城を落城させ、六月に入ると神吉と再び交戦状態に入った。

神吉頼定は二千の兵で籠城したので、秀吉勢は織田信忠・明智光秀・佐久間信盛・荒木村重ら三万の兵でこれを包囲した。

同時に頼定の叔父（神吉貞光）を佐久間信盛に命じて味方に引き込み、内側から頼定を暗殺させている。戦において懐柔や恫喝といった手段は結果次第なのである。

この戦で光秀の兵卒として武功をあげたのが木俣守勝である。従って、誰の目にも徳川の家臣などではなく、光秀の家臣であることに疑いはなかった。

「この件は其方《そち》に預ける。光秀には内密と致し、折に触れてその動静を探ってみよ。いずれにしても徳川は我が家臣である。その男が徳川にいようが明智にいようが替わりはあるまい」

信長は秀吉の諫言《かんげん》を不快に思った。しかし讒言《ざんげん》が多いのが人の世である。何度となくこの種の話を聞かされてきたが、その都度、己の直感を信じて行動してきたという自負がある。貞勝に下駄を預けて問題を棚上げしようと思った。

それでも貞勝は信長がうっすらとだが疑念を持ち始めたと思った。多くの場合、こうした人間特有の『嫉み』が体制という石垣を、人の眼に届きにくいところから壊していく。

## 二、寒山拾得

翌日、貞勝は信長に再び拝謁し、京へ戻る挨拶を終えると大手道を下っていた。

陽が安土山の樹々に強く陰影を施している。しかし樹間を撫でるように下ってくる風は冷たかった。

石段を一つ、またひとつと踏み下るたびに気づかぬ振りをしてきた老いが現実となって足先を震えさせてくる。(儂も、もうすぐ還暦だが、何時まで殿〈信長〉に仕えて同じ夢を見ていられるのか)と思った。

そう思いながら信長との旅は(まだ始まったばかりだ)とも思った。

逡巡しながら、ちょうど城内にある總見寺《そうけんじ》の前まで来たときである。上ってくる荒い息の宗易(利休)に出会った。

宗易は茶人らしく紅下黒の道服に同じ色の頭巾、絹地の小袖は薄い木蘭色を端正に着込んでいる。右手に見える寺の門に眼をやりながら、一息入れているらしい宗易と目が合った。

總見寺は安土城内にある家康の館を見下ろす位置に建てられている。

「これは、これは、貞勝様。これから京へお戻りでございますか？」

宗易は上ってきた息苦しさを忘れたように笑みを浮かべて慇懃に頭を下げた。

貞勝も頷きながら笑みを返したが、宗易に会って、ふと昨日烏丸が持ってきた筑前からの密書のことを思い出した。宗易は茶人である。茶をもって信長に仕えているだけで、旗下の武将達と手柄を競うことなどまずない。しかも主立った武将とも久しく交わっているらしい。この男ならば、織田家中を客観的に見ることができるのではないかと思った。なぜなら宗易の利と家臣達の利とでは、同じ秤の上にないからである。

「ところで宗易、戻る前に其方の茶を所望したいのだが、時間が取れぬか？」

宗易は貞勝の思いがけぬ言葉に驚いた。普段茶席に同席しても表立った話をしたことなど記憶にない。それが旧知の人間に会ったような顔をしているのである。貞勝の口元は笑っているのだが、眼の奥には別の目論見がありそうである。

「今日でございますか？」気づかぬ振りをして、つぶやくように言葉を返した。

「突然のことですまぬ。今日中には京へ戻らなくてはならぬが一刻（二時間）ほど躯を空けてくれぬか。頼む」

宗易は貞勝の頼み方がただごとではないと思った。

「それでは後ほど茶を差し上げましょう。こちら（安土）を発たれるには何時《なんどき》まで待てましょうや？」

「そうさな、京までは馬で行くゆえ暮れ六つ(夜六時)までに、ここを発てばよいかのう」

「先ほど四つ（十時）の鐘を聞きましたので、これから親方様（信長）にお会いしても昼までにはこちらまで戻れましょう。お手数ではござりますが總見寺のご住職に茶室をお借りするよう村井様からお願いしておいてくださりませ。よろしゅうございますなぁ？」

村井貞勝は首肯《しゅこう》して別れると總見寺の方へ振り返ることもなく下っていった。


安土城の中腹にある總見寺は臨済宗の寺院で、織田家の菩提寺として名古屋から移された寺である。

現存する總見寺は江戸期に徳川家康によって再建されている。

山の中に伽藍を広げた寺は、本堂から聞こえる読経がなければ深閑とした樹木の中でしかない。昼近い刻限の所為か何時も賑やかに飛び回っているはずの鳥の声は聞くことができなかった。

宗易を待ちながら貞勝は茶室に端座して軽く眼を閉じていた。眼からの刺激が消え、方丈の空間に染みこんだ茶の香りを嗅ごうとしたが、炭の爆《は》ぜる匂いしかしない。

茶室に置かれた二つの手あぶりは、すでに炭の色を赤白くして、部屋にほどよい温もりを広げている。

貞勝の頭の中は昨夜、烏丸が持ち込んだ秀吉の密書のことでいっぱいだった。

織田家の家臣団に以前からあったにせよ、それぞれの家臣間の嫉妬が内なる団結を壊し始めているのではないかと思った。

所詮、人の子である。戦を好む武士に聖人を見ようとすることがどだい無理な話である。自分達の前に広がっていく獲物が大きくなればなるほど、欲が相手を中傷していく。

貞勝が長い嘆息を吐いたとき、本堂の先で訪《おとない》を入れる声がした。

やがて廊下に微かな足音がして、小坊主に案内された宗易が道服姿で現れた。

「お待たせ申しました。では、貞勝様に茶を献じましょう。ところで、ご住職も一緒では……」

宗易はこの茶室を借り受けた礼儀として客の中に住職もいると思っていた。

「住職には其方と差しで話がしたいと申し遠慮を願った」

「私と差しの話でござりますか？」

宗易は貞勝の申し出に不安を感じた。

貞勝は宗易が戸惑っていることを感じて、本題に入るべく宗易に訊ねた。

「宗易、いや宗易殿、御身はいくつになられる？」

「はい、大永二年の生まれにて、いま五十六歳でござります」

「うむ、五十六か、儂より二つほど年下だのう」

貞勝が自分の方が年上だと言う言葉を聞いて、大人げないと思いながらも、（人は話してみないと分からぬものだ）と思った。

「まだ、二刻（四時間）ほどの時がある。互いの役目は異なるが信長様に仕える同輩として、近頃の若い者の考えについて其方と語ってみたいと思っていたのじゃ」

宗易は貞勝の思惑が意外なことなので驚いた。

「ご家臣衆に何かございましたか？」

「いや、そういう意味ではない。儂も五十八に相成る。いろいろな話の場でよく言われるのじゃ。『貞勝様はお歳ゆえ、臆病風に吹かれておられるのだ』などと、年寄り扱いじゃ。

まだまだ若い者に負けぬ知恵というもので殿にお仕えしていることが分かっておらぬ」

「誠に、誠に。仰せのとおりでございますな」

宗易も似たような経験があったので素直に相づちを打った。

「お主もそう思うか。実のところこうした世間知らずは若い者だけに限ったことではないぞ。織田軍団の奉行衆にもいる。我らが時の勢いにたまたま乗っているだけで、多くの幸運が重なって今日の快進撃が生まれていることに気づいておらぬ。それによ、確かに武勲は恩賞の多寡が示しているのに違いないが、いざ自分の武功を顧みたとき、他人と比べて不平を言う。もちろん殿に直に申しあげることができぬから、隠れたところでその不平を言う。しかし、そういうものこそ隠したつもりが思いも寄らぬところで芽をだすのだ」

一気にしゃべる貞勝の話を聞きながら、身近にそうしたことがあったのだろうと宗易は思った。それと同時に茶人でしかない自分に貞勝がどうしてこのような話をわざわざしてきたのか不思議に思った。

「私のような一介の茶坊主に貞勝様のお悩みなど推しようもないことでございます。ところで、和尚に茶の用意をお願いしていただいたと思いますが、茶釜などは何処に？」

話の内容が重くなりそうなので、宗易は一旦、ここ数日の冷え込みについて話題をうつした。

「いや、すまぬ。其方に茶を所望しながら、このとおり、これの相手を願いたい。話がつまらぬ年寄りの愚痴であるから干魚を肴にどうじゃ」

そう言って貞勝は黒茶色の酒徳利を取り出して湯飲みを互いの膝元に置いた。

「驚き申しましたな。こうして貞勝様と酒を飲むようになろうとは」

これまでのことが唐突に起きたとは考えにくいと宗易は思った。そして、この男は儂を使って織田家臣団のほころびを探しているのだ。ならば話の流れに従いながら貞勝が何を探したいのか見極めてみようと思った。

「ところで宗易殿、この軸の人物は誰かな？」

貞勝は自分の後ろに掛かっている軸を振り返って訊ねた。

その水墨画には、二人の老人が落ち葉を焼いている。一方が小枝で火を遊ばせ、稚児笑いしながら何か話しかけている。着ているものから二人は中国の僧かなにかであろう。互いに笑い顔だがどことなく狂人じみて見え、画工がこの題材を選んだ理由が分からなかった。

「おお、これは寒山と拾得ですな。室町時代の絵師・平空の絵のようでございます」

即座に答えた宗易を見ながら、茶人の知識とはこのようなものかと貞勝は感心した。『寒山拾得』という言葉を聞いたことはあったが二人の人物についてなにも知らないと思った。

「この二人は唐代に実在した脱俗的な乞食坊主でございます。風狂と詩作に過ごした人物で、この絵の作者もこうした世俗にとらわれない生き方がしたいと想い描いたのでございましょう」

寒山拾得を題材にした絵は、古来多くの画家の手で描かれている。現世を超越した生き方をした二人への憧憬が、それぞれの画工の興味をそそったのに違いない。

描かれた人物に対する講釈を聞きながら、貞勝は茶室に宗易と二人だけという状況に、自分達も寒山と拾得になっていくような気がした。

土器《かわらけ》の盃を宗易にも勧めながら貞勝は一杯目を思いっきり喉に流し込んだ。酒が喉を過ぎて胃に流れ込むと、たちまち胃の腑を滾《たぎ》らせてくる。空いた盃に宗易が酒を注ぐと、立て続けにそれを飲み干した。

貞勝に促されて宗易も盃に口を軽くつける。貞勝の眼が（飲み干せ）と催促する。困ったことになったと思いながら宗易は大ぶりの盃に注がれた酒を空けた。

宗易が飲み干して肴を口に咥えたのを見届けると貞勝が改まったように口を開いた

「話が変わるが、そこもとの祖は足利将軍家のおとぎ衆であったと聞き及んでいるが誠であろうか？」

「はぁ、どちらで聞かれたかは存じませぬが、恥ずかしながら祖父の代までそうであったと聞き及んでおります。ただ、応仁の乱で都が衰退した折り、生きんがために堺で商人になったと聞き及んでおりますし、父親が残した由緒書も手元にございます」

応じながら宗易の背筋が心なしか伸び上がったように見えた。

「なるほど将軍家のおとぎ衆ともなれば政《まつりごと》にも深く関わっていたのであろう。それなればこそ、大名家での茶の作法などに長《た》けていることも頷けるというものだ」

自分の出自に話が及んだので宗易は貞勝の意図は何だろうかと思った。

「ところで身どものことはさておき、貞勝様は織田家へはどのようなご縁で……」

相手の意図が分からぬまま話に応じるには不安があるので、宗易は貞勝の出自について逆に質問した。

武将にしては温厚な顔立ちの貞勝は、宗易が話の先を自分に向けたので、彼が疑念を抱き始めたと思った。それで、平然とした白い顔をより柔らかくするように微笑んで応えた。

「儂の祖は元々織田家の家臣で、出身は近江国よ」

「なるほど、安土は地元でござりまするな」

話が自分のことに移ろうとしていると貞勝は思った。しかし、自分が宗易を誘った目的は別のところにある。話をすぐに戻さなくてはならないと思った。

「ところで将軍家の話が出たついでだが、日向（光秀）は織田家へ参る前、将軍家に仕えたことがあるのをご存じであろうが、元々武辺者に過ぎなかった足利が公家の真似など始めたことからこうした憂き目を見ることになった。そのような者に頼った日向もとんだ回り道をしたということだ」

明智家は美濃の国主・土岐家の一族で清和源氏の支流の家柄である。従って、織田家へ仕官する前に将軍家を頼ったことに自然な矜持を見ることができる。

また、越前の国主・朝倉義景を頼ったこともこうした矜持の表れである。そして、いま日向が仕官している織田家は守護代に過ぎなかったのである。

「話のついでだが、日向の茶の腕はいかがなものかな？　当然、お主も織田家の茶頭であるから日向や筑前とも同席したことはあろう……」

貞勝は酒席の雑談だという風に話しかけてくる。

「茶の作法などは正直どうでもよろしいのでござります。茶を嗜《たしな》むという本当の目的は方丈の空間に亭主と客という関係だけが残り、そこに身分、年の差などないものと思うところから始まります。互いが方丈という空間で、言わば母親の腹中にいるがごとく、相手の存在を認め、また己の存在を認めてもらうことから始まると思うております。そこには戦もなければ、上下の身分の差もござりません。ただ双方の息づかいがあるのみで、多くの歳月の中で偶然にも一会できたことを確認し合うものと考えます。長い時の中で、互いが出会うということは、奇跡としか申し上げようもありませぬ。例えば貞勝様が今の世においでになっても、其れがしが百年後に生まれれば、こうしてお目に掛かることなどかないませぬ。こうして酒を飲み交わすのも奇跡でござります」

貞勝は宗易の話を聞きながら茶坊主の考えの根っ子を見たような気がした。

「なるほど茶道とは奥が深いものよ」

「恐れ入ります。ただ申し上げれば茶道を始めた頃の私は生意気の盛りでございました。知識が先行し師が申すところの一期一会という考えが正直理解できておりませなんだ。振り返れば、祖が将軍家のおとぎ衆であったという矜持が、己の行動のそこかしこに陳腐さを醸し出していたのでござりましょう。まったくもって、己が生み出した矜持ではなく、先祖の矜持がさも自分のものでもあるかのごとく錯覚していたのでござります」

言い終わると残っていた盃の酒を飲み干した。

「先祖の矜持か。そう申せば日向にも似たところがある。確かに、その矜持に見合う教養とでも申すか、他の奉行衆にはない落ち着きがある。しかし、そのことが鼻について勝家や秀吉などには評判が悪い。ない者の僻みと言えばそれまでだが」

「さようでござりますか。この世の中、なかなかうまくゆかぬもので……。しかしながら、ご家中に様々な人材がおられることが、織田家の幅を厚くしているのではございますまいか」

確かに組織には一辺倒の人材だけでなく、様々な才能がなくてはならない。なぜなら、その一分の考えの中に残り九分の弱点が潜んでいるからである。

「その幅の広さが、これからの織田の前進に役立とうか？」

「すでに、将軍家だけでなく宮中との折衝も役目に加わって参りましょう。そのときに、こうした幅の広さが役に立つのでございます。ことに明智様は和歌はもとより有職故実にも充分な知識をお持ちでございます。数年のうちに信長様へ宮中からのお呼び出しがあったとしても、慌てることはないと存じます」

宗易が将軍家のみならず宮中までも視野に入れているのに貞勝は驚いた。そして、この男を利用せぬ手はないと思った。

「お主は茶を通じて奉行衆の主立った者と茶会を同じくすることがあると思うが、徳川殿の点前はどうじゃ？」

雑談とはいえ話が家康に及び始めている。ますます以て、貞勝の意図するところが分からないと宗易は思った。

「徳川様でござりますか。あのお方の点前は明智様と同じように茶の心を解していただいていると思われます。それに気がお合いになっているところもお見かけしますし、徳川様も明智様には一目置いておられるようで……」

貞勝は話が自分の意図するところにやっとたどり着いたと思った。宗易の話しぶりからして、徳川と明智の関係が良好なのが分かった。

しかし、そのどちらも同軍の武将であることに間違いはない。小さな稀有だが備中にいる筑前がそうした関係に嫉妬した密書であったのに違いないと思った。

「それはそれとして、先年、徳川家の家臣であった者が日向のところに仕官致して活躍したという話を聞いた。皆が生きるために主君を替えても我が身を守ろうとする。一見、節操のないことのように思えるが、応仁の乱以来、それぞれが生きるために必死である証なのであろう」

「誠にさようでござります。其れがしの茶坊主という様も端的に申し上げれば生きるための方便でござります。早う、平和な世をつくってくださりませ」

二人の顔が同じように赤らんで、一瞬、言葉が途切れて互いを見つめると、どちらからともなく高笑いを始めた。

茶室の中は、寒山と拾得が笑っているように見えた。


宣教師ルイス・フロイスは布教活動を記録に残している。そのなかで村井貞勝のことを次のように記録している。

『貞勝は都の総督で、尊敬できる異教徒の老人にして権勢あり』と。

## 三、連鎖する猜疑心

翌年の天正七年（一五七九）六月、光秀は丹波八上《やかみ》城の攻略において、城主・波多野氏を説得するため人質に光秀の母親を差し出した。それに応じる形で波多野氏が信長へ投降することを条件としたが、光秀との約束を破るように信長はそれを許さなかった。

結果として、人質の母親は籠城した波多野氏によって命を奪われることになる。

この時、光秀のなかに信長に対する猜疑心が、青白い皮膚を破るように生まれた。

確かに、光秀にも慢心があった。つまり、己の才覚で波多野氏を攻略できると。そして、己の才覚がもたらす結果がすべてだと。

しかし、信長は光秀のこうした姑息な手段を嫌った。

同年八月にまた一つの事件が起きた。

家康の正室・築山殿とその嫡子・徳川信康が、武田への内通の疑いで信長に自害させられたのである。

嫡子・信康の名前は信長の一字と家康の一字をとったと伝えられている。それは家康が信長へ浸潤しているという証である。それなのに、その嫡子の命を奪ったのである。要するに信長は二人の内通という事実を重く視たのだ。この時、家康の中で躯を半分にされるような信長に対する猜疑心が生まれた。

目的のためには手段を選ばぬ男がいるという猜疑心である。


そして、十一月には荒木村重が謀反して、妻子がことごとく処刑されている。

この時にも、家臣の多くに信長に対する恐怖と猜疑心が生まれたのだった。

しかし、猜疑心は、そうした被害者の側にだけ起こったのではない。むしろ、信長自身が最も猜疑心にとらわれていたのである。


しばらくすると、信長の猜疑心は一旦、収まったように見えた。

なぜなら、翌年の天正八年（一五八〇）三月、念願だった石山本願寺の平定に目処がついたからである。

加えて、加賀・能登・播磨・但馬の平定が次々と進み、家臣達が抱き続けてきた信長への猜疑心は、こうした朗報に覆われて徒労に変わりつつあった。

加えて、この年の三月から始まった城下の下屋敷建設は、五月上旬には堀江・船着き場・道路の普請と着実に進んでいった。

信長のなかに大きな仕事をまた一つ終えたという満足があった。父（信秀）の跡目を継いだときには考えもしなかった、五畿内をほぼ手中に収めたのである。

そこで、家臣達の労をねぎらうために場内で相撲大会を催したのである。

それぞれに各地から選ばれた力士達が信長の前で相撲を取り、男臭い筋肉と汗を乱舞させていく。勝者に黄金を配った。この催しに織田家の家臣の主立った力自慢が参加し、後に盛大な宴が開かれている。

こうした信長による相撲節会《せちえ》はしばしば行われており、金品の他に伴正林《ともしょうりん》という十七歳になる若者の場合は、七人抜きを演じ家臣に取り立てられている。しかし、残念なことに正林も本能寺の変で信長に殉じている。

宴も終わり家臣達は、ほろ酔い気分で城を下り始めた。酔いに任せた大言壮語や笑い声がその後をついていく。

その石段を宗易も同じ気分で下っていく。

そのとき、宗易の後ろから声をかける者があった。

「宗易殿、お久しゅうござる」

聞き覚えのある声に宗易が振り向くと、石段の二つ上から間を詰めようとする明智光秀の破顔があった。

「これは、これは日向守様、お久しゅうございます」

宗易が石段の端に寄って光秀を待つと、素早く横に歩き寄ってきた。

石段を下る武将達の多くは、二人の前を横切るとき軽く黙礼をして下っていく。それぞれが酔いのなかにいて、誰も二人の話に興味を示すことなく通り過ぎていく。

「ちょうどよきところで出会った。久しぶりに茶を馳走になりとうござる」

光秀は慇懃に頭を下げた。

「これはお誘いありがとう存じます。これから互いに安土を離れれば、また何時お目に掛かれるか分かりませぬので、ならば明日、どこぞでお会い致しましょうか、如何でございます？」

宗易は近々、堺へ戻るつもりである。

「早速のご了解いたみいる。では、明日改めてお目に掛かりましょうぞ」

光秀はありがたいと頭を下げると宗易だけに聞こえるように声をくぐもらせた。

「ならば、安土城下の外れにある新しくできた薬を商う『橘屋』という、近頃こちらに移ってきた見世がござる。実は本日、その見世に宿を借りておる故、明日参られたとき、お名前をお伝えくだされ。亭主に申しつけておきますので、すぐに案内《あない》してくれましょう。主人も茶を嗜みます故、粗末なれど茶室もござります……」

宗易は坂本城主である光秀が商家に泊まると聞いて驚いた。しかし、その疑問について訊ねなかった。

大手門を一緒に潜ると黙礼して左右に分かれた。しばらく歩いて、小さな胸騒ぎがして宗易は光秀の方へ振り返った。

どこで待っていたのか光秀の腹心らしい侍が四〜五人付き従い馬場の方へ歩いていく。その背中を見ながら、以前、村井貞勝と酒を飲んだときのことを思い出した。

そして、いらぬことだと思いながらも光秀のことが気になった。

この時代、光秀の評判の一面を示す証拠が意外なところに残っている。

それは宣教師ルイス・フロイスによって書かれた『日本史』の中である。フロイスの眼がどれほど正しかったかは別として、彼の書き残した光秀像は、彼が見たことだけでなく、ルイスに耳打ちした多くの人々の猜疑心や嫉妬を図らずも伝えている。

一、光秀は狡猾で冷淡な男である
二、才略・思慮・狡猾さにより信長の寵愛を受けている
三、ほとんどの家臣が彼をよそ者と思い嫌っている
四、しかし、寵愛を保持・増大させる器用さがある
五、光秀は裏切りや密会を好み刑の執行は残虐で独裁的である
六、戦において計略を好み、忍耐力のいる計略と策謀の名人
七、また、築城技術、建築手腕に優れている
八、彼は信長を喜ばせるために万事に抜かりがなく振る舞う

フロイスの記録した光秀像は、ざっとこのようなものである。しかし、よく読むとフロイスが実際に彼と対面して感じたものというより、多くは他者の意見であろう。

彼の著しい出世や信長の寵愛ぶりが他の家臣の羨望となっていたことに間違いない。要するに後から織田家へ奉公した光秀のなりふり構わぬ必死の努力が、猜疑心や嫉妬の原点である。

こうした流言・飛語は少なからず光秀の耳にも届いたはずであり、これらの悪意を払拭するために、他人の目に奇異に見える度の過ぎた献身を信長に見せざるを得なかったとは納得できまいか。有漏な者ほど嫉妬や猜疑心が強く、それらを生み出す術《すべ》に長けているのは人間の持つ特性の一つである。

とはいっても、光秀も人の子である。不毛な中傷に何度も心が折れ掛かってきていたのだ。従って、そうした光秀の過敏な不安が、大手道を下ってきた宗易の肩に手を置かせたのである。

翌日の朝、初夏の陽はすでに暑さを蓄えつつあった。

刻限を守ろうと急いだせいもあって、宗易は首筋に汗を連れていた。

教えられた商家の見世先に立って訪を入れた。

薬種問屋と聞いてきたが見世の作りは素朴なものである。平屋で板拭きの屋根は建てられて間がないというのに、古材を寄せ集めて急ぐようにできた趣である。織田家家臣の筆頭に近い光秀の借宿としては粗末なものだと思った。

訪の声に反応するように見世の主人らしい老人が出てきて、宗易が名乗るのも待たずに、

「これは宗易様、このようなむさ苦しいところまで足を運んでいただき誠にもってありがたいことでございまする」

慇懃な主人の言葉に誘われて宗易は布を垂らしただけの粗末な暖簾を潜った。

主人は小太りした赤ら顔の五十を過ぎたあたりだが、その顔に覚えはなかった。ただ、相手が旧知のように接してきたので、一瞬自分が失念しているのではないかと思った。

広く大きな薬を商う見世先を右に抜けると一間幅の廊下が続いている。廊下の左に庭が造られていて、右には六畳ほどの部屋が二つ並んでいる。その二つ目の部屋を左へ曲がると二十畳ほどの広間があって、廊下が縁側に代わっていた。

商家は大きく『ロの字』を書くように庭を囲んで造られている。見た目と実際に入った屋敷の凝ったつくりに宗易は驚いた。

広間をさらに抜けると小さな板戸で仕切られた小部屋が現れた。素朴な方丈の茶室であ

る。

「お見えになりました」

主人の言葉に応じるように光秀の声がした。

「お待ちしておりました。どうぞお入りください」

光秀の言葉で主人が戸を開けると宗易に入るよう促した。

光秀は昨日と同じ裁付袴《たつつけはかま》に無地の羽織のままである。宗易は紅下黒の道服姿に同じ色の道帽を被っている。

光秀に促されて茶室の客席に座って道帽をとった。

「お招きありがとうございます。日向守様にはご活躍のこと重畳至極でございます」

宗易は茶人らしい丁寧な辞儀を返しながら、光秀が何を語り出すのか不安になった。

「堅い挨拶はそれだけにして、今日は身どもの点前をご批評くだされ」

光秀の頭の薄い瓜実顔は明かりを落とした部屋の中でも青白く見えた。織田家の家中には珍しい公家のような上品な顔立ちである。多くの武将の粗野で荒々しい血しぶきを浴びたような顔の前では、浮いて見えるに違いないと宗易は思った。

すでに湯釜から白い湯気が妖気のように部屋へ溢れ始めている。柄杓で湯をくみ取ると、あらかじめ入れられていた茶に湯を注いでいく。柄杓から離れた湯が大げさな湯気をあげながら茶碗の中へ注がれていく。

宗易は光秀の作法を見ながら点前が上がるのを待った。久しぶりに座った客席から床の間に軸が見える。薬問屋にふさわしい『薬』という一字が大書されている。

横長い紙面に草冠が踊るように軸の上面に茂って、その下で人間らしい楽という字が躯を横たえるように寝転んでいる。字というより絵文字だと宗易は思った。

「どなたの筆でございますか？」

茶を点てながら宗易の言葉を聞いて光秀は茶筅が緩むのを恐れるように「知り申さぬ」と応えた。

椀から茶筅が離れるとそれを手にとって宗易の膝先へ置いた。見る限り宗易が指導してきた作法のとおりである。後は茶の量と湯の温度である。

光秀が黙礼すると宗易は大きく呼吸して椀に口をつけて茶を味わっていく。

光秀の作法が進むにつれ、さっきまで首筋に遊んでいた汗も引いたようである。到来物らしい天目型の黒い茶碗に泡立っている緑の池をゆっくり飲み干した。

「結構なお点前でござりました」

宗易は光秀がうまく茶を選んだと思った。湯の温度も申し分ない。客の喉を温かい液体が流れていく。人の躯を通る最適の温さである。嫌みのない苦みが椀を離しても喉から鼻腔へと昇っていく。

噂に聞く光秀とはほど遠いところにある境地である。ならばこそ光秀が自分を招いた訳を知りたいと思った。

二人だけの空間に、切り窓の一つから確かな陽が障子越しに差している。二人だけで対峙したこの状況が、以前、村井貞勝とした雑談に似ているとふと思った。

「私でよければ日向守様のお悩みをお聞き申しますが」

宗易が単刀直入に問うたので、光秀は抱えていた不安が軽くなったと思った。

「宗易殿、流石《さすが》でござる。拙者恥ずかしながらここのところ奉行衆の罵詈雑言にいささか気を落とし、うんざりでござる。新参者ゆえ古参の方々の気に入らぬのは分かり申すが、近頃ではそうした戯けた雑言が親方様（信長）の耳にも届いているようで、ご勘気を受けることが多くなり申した。決して媚びを売るつもりではござらぬが、新参者ゆえ人一倍の努力をして参った。親方様のお心のとおりに立ち働くことが悪うござろうか。他人の栄達を僻むという煩悩は、誰しも多少なりとも持っているものでござろう。親方様によって世が太平になるなら其れがし苦労など平気でござる。鬼や邪となっても平気でござる。応仁のみだれなど二度と繰り返してはならぬのです。今でこそこの拙者も領地持ちでござるが、美濃の先祖代々の領地はすでに他人のものでござる。しかし、今でもそれがしの故郷は美濃の明智荘なのです。時代に翻弄されたのは身どもだけではござるまい。だからこそ一刻でも早く世の中を誰かが平らかにしなくてはならぬのです。その意味では殿（信長）が一番近いし、その目的のためには如何なる手を尽くしても足りぬと思うのです。それがその目的のために邁進すればするほど疎まれる。はなはだ心外なことでござる」

光秀のこうした一念が人々の誤解を招いているのだと宗易は思った。それにしても、この男の前途に暗い影があるように感じた。

「ところで一つお訊きしたいのじゃが、日向守様のご家中に徳川様のところにおられた方はござりますか？」

以前、村井貞勝と飲んだ酒の席で聞いた話を思い出しながら訊ねた。

「おりもうす。宗易殿どうして木俣守勝のことをご存じなのです？」

己が吐露したことと関係のない宗易の言葉に、光秀は一瞬『何のことだ？』と思った。

「いや、名前までは知り申さぬがあるところで、その御仁が家康様の小姓をされていたとかお聞きしました。つまり、経緯がどうであれ、その人物が徳川の間者ではないかとの噂をふと耳に致しましたので……」

「なるほど、出てきた家を正直に述べた者を間者とみる心こそ卑しくはござらんか」

光秀は顔に似合わず声を荒げた。

「しかしながら、人の口に戸を立てられぬと申すとおり、疑うのも一つの考えでござりましょう」

木俣守勝については親方様（信長）にも包み隠さず申し上げているし、神吉城の戦いでの論考勲章では信長自身がそのことを訊ねたうえで、戦での奮闘ぶりに褒め言葉をかけている。それを知った上での諫言か、いらざる邪念もここに極まったかと光秀は嘆息した。

「宗易殿、よくぞお知らせくださった。この光秀、心より感謝申し上げる」

頭を下げながら光秀は、先年から続く自分の母や家康の母子に降りかかった災難の背景が正体を現したと思った。

宗易と別れた後、光秀はすぐに信長が抱き始めている猜疑心を払拭するために手を打った。己の気持ちを言葉にして、耳目にさらそうと言うのである。

手始めに織田軍になかった軍法を作り、その目的とするところを記し宣言して見せたのである。

いま御霊神社に残る『明智家中軍法十八条』が、それである。

まだ、軍法がなかった時代に、明智家の軍律十八条を定め、その末尾に信長への感謝が記されている。

『水に沈む瓦礫のように落ちぶれた身分の私を召し抱え、かつ沢山の軍勢を授けてくださった親方様へ、粉骨砕身の忠節を尽くすことによって、この胸の内を分かっていただけよう』

誰の眼にも止まるようなこの一文を残すことで、信長の猜疑心から逃れられるように手を打ったのである。これこそ、光秀の狡猾さを示す見本の一つである。

しかし家臣の多くは、織田家中になかった軍法を光秀が作ったことで、信長の領域を光秀が侵したと思った。

二人が茶席を同じくした翌年・天正九年（一五八一）二月、光秀は続け様に動いた。つまり、木俣守勝を突如、徳川家へ帰参させたのである。

そのことはすぐに噂となって織田家臣団の間を蛇が躯をくねらせるように流れていった。

(なるほど徳川の間者であったか)

多くの感慨はそのことに集中している。しかし、当の光秀は懸念を払拭したに過ぎないと軽く考えていた。


光秀の部屋へ木俣守勝が呼ばれてきた。

「まあ、そこへ座れ!」

「……」

「其方を呼んだのは他でもない。本日をもって徳川家へ帰参せよ」

突然の光秀の言葉に守勝は驚いたが、一方で予感もあったのである。

「何故、この守勝に明智を去れと?」

守勝は意外なことだと、あえて顔をこわばらせて見せた。

「儂とてお前に側にいてもらいたいのだが、織田の状況も少しずつだが変わりつつある。そこでだ、其方にこの明智と徳川の橋渡しとなってもらいたいのだ。家康殿への手紙はここに用意してある。明智での歳月で儂がどのように考え、また行動してきたか、お前には分かっているはずだ。いずれ時が来れば、その方が徳川へ戻ることとの意味が分かろうというものだ」

光秀はそう言って立ち上がると部屋の前の庭先へ躯を移した。

その日のうちに守勝は明智を去った。勿論、光秀の手紙を携えてである。

このことの軽重は後日、木俣守勝が徳川家でどのように遇されたかを見れば分かる。

本能寺の変が起きた天正十年（一五八二）六月、堺の町でこの変に遭遇した家康は、僅かの供回りしか連れていなかった。

そのとき地理に明るい守勝が同行し、伊賀越えで家康を道案内して三河まで逃げ帰っている。

その後の功績によって徳川四天王・井伊直政の傘下に連なり、寄騎となって二千石を拝領している。それから、天正十八年（一五九〇）の関東仕置によって井伊直政が上野国箕輪に入ると井伊直属の家臣となり三千石に取り立てられている。

そして、木俣守勝は井伊家の筆頭となり付家老にまで出世しているのだ。

井伊直政が亡くなり、直継が家督を継ぐと彦根城の築城を命じられ、加増を受けて四千石の大身へ出世している。

こうした後日譚に照らしてみると、守勝の光秀への奉公には徳川の意図があったとみるのが妥当である。また、光秀は守勝の帰参に際して、刀剣を与えるなどの厚遇を示している。

これらのことを総合すると光秀と家康の間に、それなりの交誼があったことは事実であろう。織田家臣団の間で吹聴された光秀の黒い噂もあながち的を得ていたのかもしれない。


一方で信長の猜疑心は蜘蛛の糸が絡むよう続いていた。

本能寺の変の二カ月前の四月に、信長は武田勝頼討伐のために出陣したが、その帰路に徳川の領地をわざわざ通過している。徳川方はこれを歓待し大いにもてなしたが、その役目を果たした一人に木俣守勝がいたのである。

徳川では信長の突然の訪問が、徳川領内の軍事的視察ではないかと疑う者がいた。

家康はこうした状況に敏感に反応した。

まず、甲州から駿府へ至る街道の整備を行い、宿所を新たに造営し莫大な費用をかけて信長を歓待した。こうした家康の供応に信長は喜び駿河の拝領を家康に約束したのである。

五月、この拝領の礼のために僅かな手勢で家康は安土を訪ねている。また、この時の物見遊山で堺を訪ね、そこで光秀の謀反を知ったのである。

しかし、この謀反は安土での家康の供応役を命じられていた光秀が、任を突然解かれ、その足で秀吉の援軍として中国出兵を言い渡された時に、これまで耐えてきた辛抱に火がついた。

本廟の信長のところから下がってきた光秀の顔は蒼白であった。

「殿、如何なされました?」

「……」

「もうすぐ、徳川様への宴が始まりますのに、何か手違いでも起きましたか?」

家臣の声もうつろに聞こえて、光秀は自分がこれからなすべきことのすべてが分からなくなったと思った。

「急に殿(信長)より中国への加勢を申し渡された。宴は誰かが後を仕切ろう。我々はこれより直ちに城（坂本）に戻り出陣の準備を始める。急使を出せ、急げ！」

着替えもそこそこに、光秀は安土の城を駆け下りた。何時もは、總見寺の前で城を振り返るのだが一顧だにしないで城門を目指している。城の中で笑い声がして、その嬌声が耳に届くのを嫌ったのである。

城門で光秀は馬に跨がると鞭を入れた。その時、馬が安土城を離れるのを二つの影が見ていたが帰路を急ぐ光秀の集団にそれに気づく者はいなかった。

# 四、さらば本能寺

天正十年（一五八二）六月二日の明け六つ（午前六時）、それまでの曇天を押しのけた朝日が、京都・如意ヶ嶽の頂を既に超えて、京の家並を一つひとつと際だたせ始めていた。低い山群だが、その支峰（西峰）に京都で大文字山と呼ばれる名所がある。眠っていた山肌が徐々に木々の陰影をはっきりさせると、空の輝きとは対照的な黒い鳥の一団が、次々と山の端から都のそこかしこを目指して舞い降りていく。鳥達は新しい朝に昨日とは違う一日を探し始めたのである。

それに呼応するように、その下で鳥の群れの化身のような一団が、それぞれにこれから起こる変事に思いを巡らしている。明智光秀とその家臣団は、信長の宿所・本能寺まで来て、辺りがすっかり明るくなりつつあるのに僅かな焦りを覚えていた。

思えば五月十七日、信長から備中の秀吉への加勢を命じられたとき、家康の供応役を解かれたとき以上の屈辱があった。なぜなら、備中への参戦は秀吉の後陣を拝することに他ならない。五十の半ばにさしかかった己の生涯を振り返ってみれば、これから新しい領地を切り開いていく体力や気力は光秀には残っていないように思えた。

それでも配下である者の性《さが》である。頭は信長の言葉をはっきりと否定しながらも、その日のうちに安土を発ち、出陣準備のために居城坂本へ戻った。

織田勢が戦国の雄・武田勝頼を自刃させ滅ぼしたのが三月である。秀吉が戦っている備中は別にして、日本のほぼ中央部は織田の支配下となった。それに、東北の伊達や九州の島津さえ恭順を示している。信長の目指す「天下布武」も間近であるのに、備中への出師《すいし》は急ぎすぎだと思った。

甲州征伐では織田信忠軍が戦闘の主力で、光秀は戦況を見届けるために信長に従って後見として従軍しただけである。戦闘を交えなかったとはいえ二カ月足らずでの再出兵である。光秀は一旦解いた兵站を再度整えるには時間が足りぬと思った。

加えて想像もしていなかった領地替えの話が出るに及んで、兵站の心配よりも自分に残された時間がないと改めて悟るしかなかった。

それでも光秀は残された最後の力を振り絞るように坂本を発ち、枝城である丹波亀山城に五月二十六日に入った。居城・坂本を出てこの亀山までの約十日間、光秀は自分の内に芽生えてくるある思いを何度も首を振りながら払いのけてきた。

「十五郎、威徳院で連歌の会を催すぞ。これなる方々に御案内申せ！　時がない。急がせよ！」

光秀は嫡男・光慶十五郎に堰を切るように命じ、八人ほどの名前が載った書き付けを渡した。

十五郎は父親が信長に命じられて近江を出発し亀山城に入ったときから、虚ろで何かをしきりに考えているのが気になった。平素は武人にはほど遠い柔和な顔で十五郎に接してくれる父である。それがここ数日、声を二〜三度かけないと返事をしないことが多くなった。明らかに父親が懊悩していると思った。

今回、主君（信長）に命じられたことは、父親のこれまでの奉公を足蹴にしたようなものである。だからこそ父親が武将として、この局面をどのように凌ぐのか気になっていたのである。

『この度、信長公の御下知により中国における羽柴勢の援軍として出陣致すことに相成り申した。ついては親方様のご威光があるとは申せ、戦に不測の事態はつきもの。己を戒め粛々と出陣致す所存ではござるが、方々と今一度、連歌の会を開ければ後顧の憂いなく事に望めると思い候。急なるお願いにてご多忙の中、困惑はござろうが光秀伏してお願い申し上げ候……』

光秀は概ねこのような手紙を家臣に持たせた。会の場所は愛宕山内の西坊・威徳院である。住職の行祐は光秀と気心の知れた仲である。会の宗匠として当時有名な連歌師だった里村紹巴《じょうは》を招いた。

愛宕神社の本尊・勝軍地蔵は古来、武人達が合戦の勝利を祈願してきた社である。光秀の手紙とその心情からして招かれた誰もが『げに（なるほど）』と思った。

亀岡城から明智越えと云われる尾根伝いに馬で水尾を通り抜けると苔むした石段の上に黒門が見えた。紹巴にとって光秀に誘われ幾度となく上ってきた道である。社殿へ人を誘うように左右に大きな杉林が続いている。深い霧のせいか、樹間に響く聞き慣れた鳥のさえずりがない。ただ、二人が青黒い石段を踏む足音と息の弾みが交互に聞こえるばかりである。

紹巴は前を歩く娘婿である昌叱《しょうしつ》の若い息遣いを聞きながら、のし掛るような梅雨の霧をかき分けていく。登りながら紹巴は、蒸し暑さのせいだけでなく、己の心が何時ものように弾まない気がした。

光秀からの歌会の誘いが届いて紹巴は自分が何故か躊躇しているのに気づいた。紹巴が散らかっていた書物を教卓の上に戻し整理していたときである。部屋に入ってくるなり昌叱はその躊躇を見逃さなかった。

「父上、お迷いならこの会の誘いを断られては如何ですか」

里村の家にも光秀が信長から受けた仕打ちについての風聞は、尾ひれ端ひれが付いて伝わっている。昌叱が云うまでもなく、紹巴は光秀が織田家の中で微妙な立場になりつつあるに違いない。しかし、そう思いながら信長の右腕にまでなった光秀が、やすやすと退けられるとは思えなかった。いや、この度の光秀に対する信長の処置は、光秀という器量人を今一度焚きつけて奮闘させようという信長の思惑に違いないと思った。

それに紹巴は秀吉に請われて毛利征伐の前に歌会を催し千韻を編んでいる。光秀の誘いもその流れの一つだと思うことにした。

紹巴は公家・三条西公条《きんえだ》から歌の心を受け継いだ者である。そこには当然の如く衰退しかけたとはいえ公家や足利将軍家の雅な歌心が受け継がれている。新興の武士達がこうした「雅」にあこがれたとしても、それは一夜漬けの真似にしか過ぎない。

しかし、光秀にはその出自からしても疑いのない落ちつきがある。紹巴は光秀のこうした武人にはない落ち着きこそが天下人にふさわしいと思えるのだ。

紹巴はそうした思案を反芻するようにこの山を登ってきた。

そして二人が最後の石段を登り終えたとき、待ちかねたように一羽の鳥が舞い降りると、素早く前を跳ねるように横切って社の柱の下に隠れた。白い腹に毅然とした黒い羽を帯びた鳥である。

「いしたたきでございますなぁ」

昌叱は鳥の動きを目で追いながら後ろにいる紹巴に相槌を求めた。

「鶺鴒《せきれい》か、鳥の声などせなんだったのになぁ」

紹巴は鳥の声などしなかった森を振り返って、数日前に会った宗易のことを何故だか突然思いだした。確かに、数日前に会った宗易の衣装の色がこの鳥に似ていたのである。

しかし、単純に思いだしたわけではなく、その時の宗易の言葉に微かな動揺を感じたからである。

従って、紹巴はその動揺を背負いながらここまで来たのだった。

「いしたたきが一羽とは珍しいと思いませぬか」

紹巴がここまで運んできた動揺を昌叱は知るはずもない。無邪気にいしたたきが一羽であることに驚いているのだ。

この鳥が日本の歴史にもっとも早く登場したのは日本書記のなかである。その記述の一部にいしたたきが、『イザナギ・イザナミ』の両神が国造を始めるにあたって、男女の性交の手本になったとある。

確かに、この鳥が尾羽で地面を叩くような仕草は、そう見えないこともない。神話にまでした古代人の想像力の逞しさを賞賛するしかない。

確かに、この鳥はつがいで行動することが多い。昌叱が不思議に思うのも頷ける。

紹巴は昌叱の言葉よりも、この鳥が一羽だけで目の前を横切ったのが気になった。


二人が威徳院に着くと待ち構えていたように威徳院の僧・行祐が大きな顔をほころばせながら出てきた。僧と云うより七福神の布袋のような愛嬌のある顔である。

「皆様、既にお着きですぞ」

直ぐに部屋へ通されると談笑していた光秀が二人に気づいて腰を上げた。

「これは、これは、紹巴様に昌叱殿もよく参られた。手紙にもしたためましたが、この度、殿（信長）の御下知により羽柴の加勢に参る。しばらくは、各々方《おのおの》とのお目もじもかなわぬと思うと、つい寂しゅう成り申した。よって、ご迷惑をも顧みず、この光秀我が儘を申しました……」

確かに光秀が羽柴軍の加勢で中国の毛利攻めへ行くことは他所からの噂で聞いている。何時もと変らぬ物言いだが、光秀の顔に険がある。連歌の会は織田勢が武田討伐から戻った四月に一度開いている。それがここへ来て立て続けに開かれると聞いて、光秀に何かあるのではないかと一抹の不安を抱えながら上ってきた。紹巴は自分の勘が外れることを願った。

「ご主旨は頂いた文で分かり申したが、何故急ぎなさる？」

紹巴は自分が抱いてきた漠然とした不安を光秀に悟られぬよう、あえて柔らかい声で訊ねた。

「なぁに、大意はござらん。また戦に出ればこうして方々と打ち解けてお話しする機会も遠くなりましょう。ただただ、人恋しいだけでござる」

そう云って光秀は少しおどけて見せた。

既に僧房の一室には莫蓙で編まれた円形の座布団が、大輪の花びらのように九枚敷かれていた。その脇に筆と墨を溜めた硯が短冊と揃えて角盆の上に置かれている。

この会の宗匠を勤める紹巴は、連歌師にしては屈強な顔立ちと古武士のような躯を衣の下に隠して脇座に座ると、その左右に光秀と光慶（十五郎）が座り、三人に対座するようにそれぞれが順に席を埋めていく。山裾では蒸し暑かった空気が威徳院のある高さまで来ると、幾分その暑さを和らげている。この中でただ一人、小太りの行祐だけが額の汗を掌で大仰にぬぐった。

それぞれが近況を述べ形通りに時候の挨拶を終えると、紹巴が光秀に発句を促した。

「日向守殿、発句をお願い申す」

光秀は天正三年（一五七五）に従五位下に任ぜられ、惟任《これとう》日向守を名乗るようになっている。

紹巴は光秀より三つ上の五十七歳である。発句と聞いてなぜか険だって見えた光秀の顔が微かに緩んだ気がした。

促されて光秀は静かに眼を閉じた。静かな山の中とはいえ、光秀に起きた様々な物事が頭に去来しているのに違いない。遠くで風が山肌を登り木々の梢に戯れる音がしばらく続いた。光秀は擦れ合う小枝から葉が一枚二枚と散り落ちる様を想像しながら、これまで押さえてきた義憤が仰臥した腰から頭頂へ登ってくるのを感じた。

そして柔らかく眼を開けると懐紙に用意してきた発句を一気に書き揚げた。

『ときは今　あめが下知る　五月かな』

光秀の発句が読まれると、場に見えぬ緊張感が奔《はし》った。読み上げた声は低く、句をゆっくりとなぞるような響きは、これから戦場に赴く武士の心情そのものである。

しかし、紹巴は読まれた句の字面をなぞると自分が積み上げてきた足下が思いの他の早さで崩れていく予感が背筋に奔った。

その予感はここへ来る道すがら、弟子であり娘婿でもある昌叱と何度も話してきたことである。紹巴にはある確信めいた予感があった。しかし、光秀のこれまでを振り返れば、一つひとつ取り除かれるものばかりである。それでも心の中のこうした不安が杞憂に終われればよいと何度も噛みしめるように念じながら上ってきたのだ。

読み終えると光秀はこの僧房の主である行祐に目線を向けて、軽く頭を垂れ次の脇句を促した。

促された行祐は光秀に微笑み返すと、微かに社殿の天井を見上げて、光秀の発句を心の内で読み返した。

連歌の会でそれぞれが味わった自然の空気を嗅ぐような静寂は、もうそこにはなかった。替わりに生まれたのは、戦に臨む将兵の興奮と汗と甲冑が擦れる音だけである。そうした一団の中へ、四十半ばの赤兜を被った武将が、隊列を裂くように進んでくる。

「義父上、遅くなり申したがようやく布陣を終えてござる。御下知を！」

光秀の娘婿で五宿老の一人である明智秀満が喉の渇きを押し殺すような声をかけた。側で同じ五宿老の斎藤利三も光秀の迷いを断ち切るよう首肯して刀を抜いた。

五人の宿老は光秀にこの謀反を打ち明けられたときから、それぞれが抱いてきた不安を捨てたつもりである。事の正否は相手の防備と人数を見れば誰の目にも明らかだ。その大差もあって光秀は夜討ではなく朝を待った。自分が掲げる大儀が私欲からではないと世間に示すためである。それと、戦力の圧倒的な差は、信長を討つのにそれほどの時が掛かるはずもない。この千載一遇のチャンスが己の慢心など吹き飛ばしている。

六つ半（午前七時）過ぎには、およその場所で戦は終わっていた。

光秀が本能寺を取り囲んだ六つ頃には騒ぎを聞きつけた野次馬が辺りを囲み始めてい

る。無数の群衆の前で、半刻（一時間）足らずの争乱が、時代の主を掛け替えたと気づくのに更に半刻近い時間を要した。

この間、光秀は信長が果たしてきた、この国を纏めるという仕事は役目を終えたのだと思った。これからは、かつての幕府による政治秩序を取りもどすだけでなく、応仁の乱以来、荒んだ民心を取りもどさなくてはならない。この反乱には大儀がある。

信長がバテレンの坊主達にあおられるように国外への戦を夢想し始めたとき、この国の統一は道半ばでしかない。応仁の乱で失った国内秩序の確立が遅れれば、また新たな敵を生み出しかねない。中途半端にこの国を統一してはならぬのである。

信長の役目は終わった。いや、終わらせなくてはならない。そのためにも本能寺から完全に信長の存在そのものを排除しなければならない。

一段と昇った陽の高さを見ながら、信長の遺体が見つからぬのに僅かな焦りを覚えた。しかし、包囲した本能寺から逃げ出した者はいない。

野次馬の数がさらに増えた。信長の遺骸を見つけ出せなかった事など小事であり、新しい秩序に向かって己はすぐに進めばいいのだと改めて思った。

そして刀を揚げて京都の衆目の前で勝利の雄叫びをあげた。『さらば本能寺（信長）！』

と、光秀は頭の中で酔うように反芻した。

## 五、それぞれの予感

信長の死は堺の町に驚くような早さで伝えられた。

伝えたのは今井宗久が都に出していた見世の執事である。京から堺までの距離はおよそ十五里（約六十キロ）である。

執事の清左は三好氏の元・郎党で乗馬にも長けていたので、主人（宗久）から『都で起きた変事の知らせには、必ず馬を用いなはれ！』と命ぜられていた。

従って、本能寺で起こった出来事を自分の目でつぶさに確認すると、争乱が落ち着いた六つ半（午前七時）過ぎには見世に戻った。

この時点では信長の生死はまだはっきりとしていない。しかし、武人としての清左は信長の死を確信している。

「儂はこれから堺の宗久様にこのことを伝えに参る。織田殿の死は間違いあるまい。尚、これより先の成行きについてはできるだけ詳細に後日、報告できるようにしておけ。まだ明智様の天下となるのにはちと時が掛かろうて」

信長の横死が、宗易のいる堺の町に届けられたのは、その日の昼過ぎである。

知らせは、まず堺の代官所に届き、そこから今井宗久の屋敷にもたらされた。そして、急使の知らせを引き継ぐように宗久の家人が宗易の屋敷に知らせに奔《はし》ったのだが、あいにく宗易は外出していた。

信長が本能寺で能と茶の会を開いたとき、なぜか堺の町衆に声はかからなかった。この頃、信長の周辺に深く入り込み始めた博多の商人が、これまでの流れに変化を起こしつつあったのだ。この時から、堺の町衆に屈辱的な違和感が生まれたのは事実だ。

名物狩りと称して信長が、大名や商人達から有無を云わせず巻き上げる名物名器の数は、彼らの想像を絶したものであった。

ご機嫌伺いに献上する者もあったが、多くは信長の高圧的な物乞いに屈するのがほとんどであった。茶人達の美意識を信長が狩るのである。

天正五年（一五七七）十月、かねてから信長と対立していた松永久秀が、信貴山城に自刃したとき、助命の代償として信長に要求されていた秘蔵の『平蜘蛛茶釜』を打ち壊すという事件が起こった。

当時、唐物全盛期の時代に大名の石高にも等しい名物をがらくたにしてしまったのである。この時、茶人達の間に大きな衝撃が奔るとともに、彼らがいままで大切に信じてきた価値の全てが崩壊していくように思われた。

名物が金を生み、その名物が知行に取って変わった。器は所詮器である。茶道具は茶道の道具ではあっても、決してそれ以上のものではない。

彼らが長い間、信じてきた価値観が瓦解し始めていたと云ってもよかった。しかし、この時点で価値観の崩壊を本当に感じていたのは宗易だけである。

堺の商人達も信長との蜜月が、踵《きびす》を変え始めたことに気づいていないわけではない。その証拠にこの時、堺の津田宗及は次の時代を見据えて、家康を招いて茶会を開いている。

同じ時、信長の好奇心が堺から博多に移りつつあったと云ってもよかった。

なぜなら、信長の野心が宣教師からもたらされる数々の情報から国外に向けられ始めていたのである。それは宣教師が信長の武力を利用してアジアの支配を画策していたことと息を合わせ始めていたのだ。そのためには堺の財力もさることながら、朝鮮や明に近い博多の町の統治が優先し始めたのである。

そんな節目で、信長が本能寺で横死したというのである。宗久の家人の話を聞いた家宰は、直ぐに宗易の元へも手代を奔らせた。


家康を招いての堺商人（茶人）の宴は質素で落ち着いた時を数えた。

宗易はその気分を身にまとったまま、久しぶりに町（堺）を徘徊してみようと思った。

その宗易に従ったのは陶工・楽長治郎の嫡男・長祐だった。

宗易は自分の屋敷・魚屋を出ると妙法寺に足を向けた。妙法寺は宗易が田中与四郎と呼ばれていた頃、最初に師事した茶の師匠・北向道陳の眠る寺である。

北向道陳に茶の師事を願ってから四十年近い歳月が流れている。はじめは、茶湯の精神性にあこがれただけの動機でしかなかった。

それがどうだ。今の自分は織田という大きな天下の側にいる。意図してきたことではないが、気づけば織田という舞台でおとぎ衆のような日々を送っている。

己の言動が茶という精神文化を乗り越えて、権力という舞台で呼吸をしている。

その昔、道陳に見抜かれたように言われた一言を思い出していた。

『与四郎（宗易）よ、茶は知識や形ではないぞ。いや、むしろその対岸にあるものだ』
分かったようで分からぬ話に、十代の与四郎は心の底に反発だけを残した。

堺の町を背骨のように大路が貫いている。大きな商家が軒を並べ破風《はふ》の形を競っている。二条半にある妙法寺の寺門に立つと門扉の側に桔梗が肩を寄せ合うように咲いていた。

宗易は（まだここで咲いていたのか）と思った。薄紫の花は清楚で控えめである。

茶を習い始めたとき、道陳に言われて茶席に花を生けたことがあった。

挨拶だけに終わった一度目から、次に道陳を訪ねるまでには十日ほど経っていたろうか。茶室に促されて（床の間に花が欲しい）と言われて庭に下りた。百坪ほどの庭に色々な樹木が葉を茂らせていて、その足下を飾るように草花が自然に植えられている。

人の手になる庭に違いないが、それぞれが野生の樹間のようで人の作意など皆無である。茶人の庭とはこうしたものかと感心しながら琵琶の木下に群れ咲いた桔梗を見つけた。

道陣の茶道具とともに揃えられていた花器の中から小ぶりの褐色の花筒を迷わず選び隅に咲いていた桔梗を一株手折ってこれに指した。

株には二輪の星形の花がついていて、そのほかに時を待つように風船のような蕾が四〜五個ついていた。床の間に置くと道陣の前で咲いていた花の一つを落とした。

そして頭を下げて道陣に向き直ると師の眼を見た。

「なるほど、桔梗を選びなさったか。なぜ桔梗を？」

少年から青年になろうとしている若者に問うた声は優しかった。

「この部屋に合うと思いました」

道陣は軽くうなずいて、また訊ねた。

「では、どうしてその花器を選びましたのや？」

声の優しさは変わっていない。

「花の頼りなさからして口の大きな器は花を支えきれません。それで細口の花器を探しましたが、これが眼に止まりましたので……」

「なるほど、なるほど、よく考えておられる。ところで、その花器の色は褐色ですな。床の間の壁の色も煤《すす》けていますやろ、器が目立たんとは思わんかったかのう」

優しくたしなめるような道陳の声音に、与四郎は自分が少し馬鹿にされているような気がした。

「花はこの茶室の主役ではありしません。あくまでも場の脇手と思いますので」

与四郎の声が多少のいらだちを見せている。

「そやろか、この部屋の花も軸も客をもてなす道具だす。ただ、置いただけでは主人の思いは届かんのとちがいますか。ところで、もう一つ訊ねますけんど、一株の桔梗を選びなはったのは、それはそれでよいとしまひょう。そこでだすが、二輪咲いていた花をなぜ一つにしたのや？」

「二輪よりも一輪のほうが強調されます」

「それなら客に眼を止めてもらうために一輪にしたということやな。しかし、さっきおまはんが言いやした、場の脇手ということと少し矛盾しますがな」

「……」

与四郎は自分の自尊心が崩れていく音が聞こえた。

「流石に田中はん所の息子さんや。よう勉強しておんなさる。いま、儂が言うたことは嫌味と違いまっせ。形や作法は心得ておんなさる。しかしな、茶の心はもっと深いところからきとりますのや。そこを勉強するには、もっと偉いおっしょさんに習わんといかん……」

四〜五度、道陳のところに通ったが、六度目に行ったとき、伴われて同じ町内に住む連歌師で茶人でもある紹鴎《じょうおう》のところへ連れていかれた。

それから四十年の歳月が経ち、二人の師はすでに亡い。それらの思いを引き継いで自分は茶道を発展させることができただろうかと宗易は思った。

足が止まって放心したような宗易を心配して長祐が声をかけた。

「宗易様、桔梗の花に見とれておられますが、何かございますのか？」

長祐の声が真横から聞こえて宗易は供がいたことを思い出した。

「ああ、すまなんだ。この寺には儂の茶の師匠が眠っておられるのだ。参っていこうと思うが、師に初めておうたときこの桔梗で一問答あったことを思い出しておった。それでは参らせてもらおうかいの」

軽く長祐に微笑み返して二人は寺門を潜った。住職に訪を入れて道陳の墓石の前に屈んだ。苔むした法輪塔があって、その横に石の墓標が建てられている。墓標の字は『茶宗北向道陳廟』と彫られてあって花生けに榊が添えられていた。

その隙間にいつの間にか摘んだらしい桔梗を指した。花が三輪咲いている。手を合わせて拝んだが花は三輪のままである。四方を築地で囲まれた寺の空間は、山門を潜る前よりは冷ややかな気がした。手を合わせ、眼を閉じたとき小さな鳥のさえずりが聞こえた。頭を上げて眼を開いて鳥の声を探したが見つけることはできなかった。

山門を出ると門前の桔梗に再び眼を移した。そのとき、なぜか安土で会った光秀のことを思い出した。桔梗は光秀の家紋である。そう思ったとき、宗易はいやな予感にとらわれた。

戻りに少し遠回りになるが久しぶりに南総寺の住職を訪ねようと足を踏み出したときである。寺の前にいる二人を見つけた宗久の家人が大きな声をかけて走りよってきた。

「宗易様！　いち大事でござります。早うお戻りを！」

長い時間、宗易を探したと見えて宗久の家人は駆け寄ると息を弾ませて、しばらく言葉が出てきそうもない。

「宗膳さんか、どないしたのや？」

宗易の言葉で少しは落ち着いたのか宗膳と呼ばれた男は唾を飲み込むと、

「先ほど都より主人（宗久）のところへ使いが参りまして織田様が討たれたとのことでご

ざいます！」

その言葉を聞いて宗易は自分の中に仕舞っていたはずの予感が的中したのだと思った。

「明智様に討たれたんかいのう？」

「ささ、さようで。ご存じでござりましたか」

「いや知らん、ただそうではないかと思いましたのや……」

宗易が落ち着いて首謀者を当てたことに側の二人は驚いた。

「ところでいつ頃、討たれなはったのかいのう？」

「主人のところへ来た使いに寄りますと今日の早朝のことだと……」


安土城下の總見寺で村井貞勝と酒を飲んだときのことを今更ながらに思い出した。あのとき貞勝がわざわざ自分に遠回りながら光秀のことを尋ねたのは、このことであったかと思った。

織田政権の中の下卑た嫉妬が渦を大きくして、その屋台骨を飲み込んだのだ。

自分の中で敏感に感じた予感を押さえようと光秀が置かれた立場を遠回しに伝えてきた。しかし、そうした手立てなど軽々と乗り越えて、嫉妬が一人の器量人を引きずり下ろしたのだと改めて思った。

そして、織田の主体が崩壊したとすれば、その次を受け継ぐのは誰だ。光秀かそれとも勝家・秀吉・利家いや家康かもしれぬと思った。

体制がどのように転ぼうと我々は待つしかない。見極めることのできないもどかしさを抱えて自分の家に戻った。


町衆の動揺は大きかった。

「宗易はん、これから世の中どないなりますのやろう。また、応仁の騒ぎなどになったらどないしたらええのや。どうか、あんさんの考えを聞かしておくれやす」

宗易に予感があったとはいえ、次の一転びがどの方向に向かうのか分からない。ただ、光秀が天下を握るとは思えなかった。

なぜなら、織田家中で彼は孤立しつつあったからである。つまり、この危ない船に乗り込む勇気のありそうな者が見えないのである。

結果として、堺の町衆の体制は『だんまり』を決め込んだ。

秀吉が備中から驚異的な速さで戻り光秀を討った。次に勝家と次期政権を争い秀吉がこれに勝利しても、町衆は目立って動かなかった。

なぜなら、それらの動きを傍観するかのごとく家康に大きな動きがないのである。家康が堺にいたときに本能寺で事件が起きた。騒乱の勝者が誰であれ、供回りの少ない裸同然の家康に、この状況を打開する策も力もない。

しかし、家康の家臣団には予感と準備があった。

天正九年（一五八一）二月に木俣守勝が光秀の元から徳川に帰参したことは述べた。しかし、このおよそ一年前に一人の重要な男が守勝同様に帰参している。本多正信である。正信は家康の鷹匠をしていた男だが、家中のいざこざで守勝同様に徳川を出奔したことになっている。

正信は諸国を流浪したことになっているが、彼は天正五年（一五七七）十月に松永久秀が織田の攻めを受けて自害するまで信長の側にいた。

その後、数年諸国を流浪することになるのだが、それは諸国探査が目的であった。天正七年（一五七九）八月に家康の正室（築山殿）が自害させられたとき、家康の元に呼び寄せられている。

畿内を流浪（探査）した正信の知識が、信長の招きによる家康の堺遊覧に生かされている。供回りを制限された遊覧に、徳川の家臣団は懸念に対しての評議を開いた。

そこで、正信は守勝の帰参を進言し、光秀側との思惑が一致して戻されている。

「守勝は畿内の地理には明るい。是非、殿の供回りの一人としてお使いくだされ」

この時の正信の決断が、徳川にとって幸運なことに繋がっていく。

それは、光秀の謀反が光秀自身の意思で守勝のところへ知らされたことである。その知らせは、光秀が亀山で踵を返したのとほぼ同時に発せられている。

懸念に対して木俣守勝は果敢に動いた。まず、帰路を伊賀越えにしたことである。敵味方のはっきりしない状況で、家康の身の安全を守ることが第一である。

従って、主従の退路の成り行きを如何なる陣営にも悟られることは避けなければならない。そして、彼らは三河へ無事帰還したのである。

本能寺の乱が起こる前まで、宗易は京都・大徳寺山門近くに居を構えていた。

そこへ、愛宕帰りだという連歌師・里村紹巴が訪ねてきたのである。

「宗易殿はご在宅か？」

以前に紹巴から歌会の席に使う楽長次朗の花器を頼まれていたのだ。

家人が紹巴を客間へ案内すると、入れ替わるように宗易が入ってきた。

「これはお珍しい。どこぞの帰りでござりますか？」

連歌は囓《かじ》った程度の宗易だが、よく京で開かれた茶席で紹巴に会うことがあった。そのとき、茶席で使用された長次朗の木訥な花器に紹巴が魅了され、長次朗への制作を懇願されていたのである。

三月ほどして紹巴へ手紙が届き（できました故、いつでもお越しくだされ）と知らせてきたのである。

光秀との愛宕での連歌の会も終わり、過分な労いを受けたので懐に余裕ができている。それで、品物を受け取りに寄ったのである。

「どちらからのお戻りでござりますか？」

紹巴の旅装を見て宗易が訊ねた。

「ああ、日向守様のお誘いで愛宕神社での歌会の帰りでござれば……」

「それは遠くまでご苦労様なことでござりましたな。日向守様はお元気でござりましたか？」

宗易は光秀と安土の薬種問屋で会った時のことを思い出していた。あのときから、これとした理由はないが茶席を同じくすることもなかったと思った。それにその後、光秀からの誘いもなかったのである。

光秀のことを訊かれて紹巴は言葉が詰まった。なぜなら、その席で光秀が詠んだ歌が気になっていたからである。自分のなかの不確かな予感を宗易に話してよいものかと考えたからである。

つまり、己の予感を確証のないまま他人に話せば、話が人の口を飛び回るのが目に見えている。

「如何なされました？　お疲れでござりましょうから、ご依頼の物を早速ここに運ばせましょう」

宗易はそう言って部屋の奥にいる家人に物を持ってくるように声をかけた。

「……」

やがて家人が運んできた箱を手に取ると紹巴へそれを渡した。

「開けてご覧になりますかな？」

「いや、宗易殿の見立てでござるから開けずとも結構、持ち帰っての楽しみと致しましょう」

　宗易が代金を受け取ると深々と頭を下げた。

「ところで日向守様のことでござるが、近々、信長様のご下知で備中の筑前様のところへご加勢に参るとのことでござった。そこで、しばらくは連歌もできぬであろうからと、わざわざのお招きでござって……」

　宗易は光秀が家康の供応役を解かれ、中国攻めの加勢を言いつけられたことは知っていた。

「さようでござりますか。日向守様もお忙しゅうござりますな。賢明なお方ゆえ中国攻めもうまく収まりましょう」

　宗易の言葉を聞きながら、紹巴は自分が抱いている予感を話し出せないことに、心がもやもやして落ち着かなかった。

「ところで日向守様の歌は如何なものでござりましたか？」

　宗易は紹巴の苦悩など思いもよらず、好奇心に任せて問うた。

　紹巴は宗易が口火を切ってくれたので、光秀が詠んだ歌を披露できると思った。

「日向守様の詠まれた歌でござりますか。そう『ときは今　あめの下知る　五月かな』と詠まれてござる」

言い終わって紹巴は宗易の目線を追った。

「なるほど、日向守様らしおすな。わては、師・紹鴎から茶の作法とともに習いはしましたが、茶ほど才能がござりませなんだ。もっとも、日向守様の詠まれた歌などお聞きしたのは一～二度でござりますから、よう分かりまへん。ただ、どなたかがおっしゃっていたのですが、光秀様は歌に造詣が深いだけに、掛詞がお得意だと聞いております。この歌もなんぞ掛けてございますのやろうか」

宗易が掛詞といったので紹巴は自分の考えを話す気になった。

「そこですがな。頭の『ときは今』のところですが、あの方は支流とは申せ、土岐源氏の流れをくんだお方ですから、『とき』は『土岐』と掛けてあって、『あめの下知る』は『天下』となりますのや。『五月』は『さっき』に通じて、『土岐氏にとって天下を狙うことを先ほど思い立った』とは読めませんかな？」

宗易は紹巴の解釈を聞きながら、あり得ぬことではないと即座に思った。

「なるほど、歌を詠まれるお方はちがいますな。そこまで深読みできるとは……」

「いや、戯れ言としてお聞き流しくだされ。日向守様はすでに備中への準備も終えられており、筑前様のご加勢にはいささかの不都合もないようでござりました。ただ、弟子の昌叱と山下りの退屈しのぎに、光秀様が掛詞を使われたとしたら、どのような意味があるのかなどと話したものですから。とかく外野はうるそうございますな。あの方がこのことを聞かれたら、どのように立腹されるかわかりまへん。これは内緒でっせ」

紹巴は普段見せない顔に舌を出して戯けて見せた。

しかし、宗易はそれまで自分が漠然と抱いていた予感が、おぼろげだがその形をはっきりさせたのではないかとそのとき確信した。

# 六、寡黙な日々

光秀の謀反による信長の死は、人々の予感の海を漂いながら現実になった。

その日から町衆の先の見えぬ成り行きに鳩首は続いたが、これといった解決策や妙案が見いだせずにいる。

（信長という権力者は一体何者であったのか）誰もがそう問わずにいられなかった。

それが秀吉の中国大返しで、切れかかった命脈が思わぬ方向に繋がり始めている。

宗易は鬱々とした時を数えながら、己の生き方にも転機が来たような気がした。

その日、宗易は菩提寺でもあり師・紹鴎の眠る南宗寺を訪ねた。南宗寺は後に大徳寺へ移る古嶽宗亘《そうこう》が大永六年（一五二六）に、堺の舳松《へのまつ》町に営んだ南宗庵を起源としている。そこに弘治三年（一五五七）、三好長慶が亡父・元長の菩提を弔うため、寺地を宿院の南に移し寺に改めている。

しかし、天正二年（一五七四）松永久秀による騒乱の大火でその大半を消失していた。改修の目処のない寺を歩きながら、微かに焼け残った部屋で寝起きする寺男に案内されて周囲を見て回った。

焼け残った跡地に棕櫚《しゅろ》の樹が数本、いまにも泣きそうな梅雨空に手を広げていた。時折、顔を撫でる風は庭先の葵の葉を揺らしている。微かにする潮の匂いが懐かしさに拍車を掛けてくる。

焼け跡はすでに片づけられており、辺りには建物の土壁が焦げ残っている。藁の混じった黄土色のはずの壁が、黒くすすけていた。座禅を組んだとき、閉じた眼に広がる闇のようでもある。

宗易は大きく息を吸って、それを静かに吐いた。

寺には寺男の他に若い僧侶が三人残っている。その再建と己達の糧を求めて日中は托鉢しているという。町衆からの寄進もさることながら、安定しない世情に人々の関心が集まらないのだと寺男は吐き捨てるように言った。

それでも訪れる檀家のために仮小屋を組んで仏事を凌いでいる。

小屋は、焼け残った古材を集めたものである。従って、桟木の至る所に黒く焼けた跡が残っている。人間の営みの一つではあるが、こうして空間を愚直に守るしかない人間の悲しみに触れて哀れな気がした。

「暮らしは大変であろうな？」

宗易は寺男の背中に優しく問うた。

「……、いえ、もう慣れてございます」

宗易の唐突な言葉に寺男は恐縮して照れ笑いを添えた。

近くの寺から鐘の音が聞こえてきた。八つ（二時）の鐘だと思った。そして、この寺で突いた鐘の音より高い音だと思った。

宗易はこの寺から大徳寺の住持になった古渓宗陳に教えられた日々を懐かしく思い起こしていく。古渓は宗易に『茶禅一如』を伝えた人物で、俗姓は朝倉氏、越後の人である。

皮肉なことだが、信長の百カ日法要をこの古渓が宗易の勧めもあって執り行っている。信長に滅ぼされた朝倉氏の血脈である古渓が法要を執り行ったときの心情はどのようなものであったろうか。

信長死後の体制が、はっきりと姿を現すには一年近い時間を必要としている。

信長という権力の渦が消えて、宗易は己の茶道を思い返す時間を得た。

すでに還暦過ぎである。道陳や紹鴎から学んだ方丈の茶法を寡黙に踏襲してきたが、唐突な時代の無情にいざ直面してみると、己の身の丈に合わなくなりつつある。

そのことは宗易第一の高弟・山上宗二の日記に残されている。

『三、四十（歳）迄ノ行、法度ノ如ク仕ラレ、六十一ノ年迄ハ紹鴎四畳半ノ写也、六十一ノ年ヨリ替』と
山上宗二は宗易と同じ堺の町衆である。宗易の茶会にはよく同行し、その仔細を日記に残したことで後世に知られることになるのだが、他をはばからずズケズケとした物言いで、後に秀吉の勘気に触れ打ち首にされている。

秀吉に対する茶人の大方の気分は、この一事が代弁している。

この年を境に宗易の作意が大きく変化している。自分を生み育ててくれたのはこの町である。ここにこそ自分を育む原点があると思った。

振り返れば様々な出会いと経験がこの町にある。その中で己の琴線に触れたことを思い

出して書き取っていく。宗易をこの町の多くの眼が見ていると思った。

前提を取り去って、己の心を広げてゆくと、新しい作意（工夫）が浮かんでくる。放心していた頭が、己のなかで沸々と作意を形作っていく。

堺の環濠を越えて荒れ果てた古代の王墓を散策したときにそれは確実なものとなった。

その手始めが妙喜庵に造った広さ二畳の待庵である。

山崎にある妙喜庵は古刹で、山崎の合戦の慰労のために秀吉が宗易に造らせた物である。宗易は秀吉の思惑とは別に、安土城下で光秀が吐露した苦悩を鎮撫するために造った。

光秀は世の太平を誰よりも願って信長に臣従し媚びてきた。引き立てられることで己の意見が反映していく。戦を終わらせるためには己の手を汚すことも厭わず戦い続けてきた。それに周囲が嫉妬したのである。

妙喜庵は室町時代明応年間の創建で、開山は春嶽禅師によるものである。

それまでの四畳半は、いうなれば伝統的な草庵の広さであり鴨長明に代表される方丈隠遁の世界である。それを宗易は半分にしたのだ。狭小な空間で互いが人間として一期一会を生きる。余分なものを一切持たない侘の精神である。

宗易は堺を徘徊し、二人の師と心で対話しながら己の目指す物を探して廻った。

この小さな町で育ち、茶の道に入った頃を思い出し、折々に触れて己の中で萌芽せずくすぶっていたものの正体を確かめたいと思ったのだ。

その散策には長祐が従い、独り言のような宗易の言葉を耳朶に収めていく。

散策は幾日にも及んでいる。宗易の長い沈黙に町衆は痺れを切らし始めていた。

南宗寺を出て大路に向かい、その路の反対側にある開口《あぐち》神社へ向かおうとしたときである。頭上の雲の形をはっきりさせるような光が走った。

宗易が青空を汚しつつある雲の色を見上げたとき、後ろから長祐が駆け寄ってきた。

「雨が近うなりましたな。そろそろ戻りましょか」

軽く頷いたそこには、ここ数日、逍遙していた宗易はいなかった。

# 七、二人の与四郎

天文二年（一五三三）皐月二十七日のこの日まで、堺の町には二人の与四郎（後の利休）が生きていた。

それが、この日の夕刻に起こった悲しい結末で、突然独りになった。

与四郎達が生まれた丘陵堺の町は、その都市の防衛戦略上、北西に開けた海岸線と東南に点在する百舌《もず》古墳群を大きく分断する堀が三方に巡らされていて、まさに城塞のような矩形の大地の中にある。

その都市の背骨を毅然とした大路が海岸線から古墳群に向かって一直線に貫き、都市機能を内包した肋骨のような小路が整然と条里を刻んでいた。

かように小さい都市が、この規模だけで過酷な時代を生き抜くことは極めて困難なことだが、それでもこの都市構造は、頑なに他者の関与を拒み続けていた。

つまり、この奇跡のような空間が、中世という力による社会からの明確な決別を、この国で最初に意識したのに他ならない。

とはいうものの、まったく外界との接触を拒絶してきたかというと、そこは狡猾に僅かながらの接点を保っていた。

その狡猾さの象徴として、堀割りのあらゆる場所に小さな橋が架けられていて、都合のいい関与を許している。言うなれば、多くの戦乱を繰り返し経験したことで、外界からの暴力に恐ろしいほど過敏な態度を取ってきた結果だ。

そのようなわけで、摂津・和泉・河内への重要な交易の出入り口として、身勝手な接点を残してきたと云ってもいい。

つまり戦乱そのものが堺の商人達に、この都市構造を形作らせたと云っても過言ではない。

争乱になれば自らの手で、その命脈を絶てばいい。そのため堀割りに架けられた木造の橋の多くは容易に取り崩すことができる構造になっていた。

全ての橋の堺側に、杉板に石をのせ雨風をしのぐだけの屋根しか持たない番屋が設けられていて、その警備を戦乱で主人を亡くした武士の一団や無頼の多くが請け負っている。

彼らは都市の防衛という役目とともに、すっかり堺の住人になっていたにもかかわらず、その一目で武士や無頼と分かる出で立ちは、何処かで町人と一線を画した風情が残っていた。そこに彼らの微かな矜恃が燃え尽きずにあった。

天文元年十二月（一五三二）、一軒の町屋の失火から、折からの寒風に煽られて、堺の町の大半を消失するという大火が起こった。

真夜中に起きたこの火事で、碁盤の目に整然と仕切られていた家並みが、河内の山越に吹き付ける木枯らしに瞬く間に翻弄されていったのである。

紅蓮の炎が闇空の中に、遠く山肌と海岸線を照らし出していて、火の粉が川のように繋がって次から次と堺の町屋を包んだ。

数度の戦乱や大火を経験していたことで、町の防災網は、この時代の如何なる都市よりも進歩していたはずであった。

それが、真冬の風にのって、人間の知恵をあざ笑うように火炎が次々と猛威を奮ったのである。

数日にわたる大火が一段落したとき、町の中には、おびただしい死人や怪我人、それに家を失った者が無惨な姿で残った。

この時代、人々の記憶に約六十年前に起こった『応仁の乱』の悲劇がまだ消えずに残っている。その結果、人々の中で厭世的な空気が流れ、この時代のあらゆる文化に大きな影を落としていた。

端的な例をあげれば、室町幕府八代将軍義政などは失墜した幕府の権力から逃れるように酒食に溺れ、美妾四十人の中の生活に埋没している。上は将軍から河原者といわれた賎民にいたるまで、多くの都市で人々の生き方にそれが現れ、刹那の快楽に誰もがはしろうとしていた。


しかし、堺の町はそうした怨念から、いち早く抜け出そうとしていた。

四隅を水で囲まれたこの桃源郷は、応仁の乱で衰退した兵庫の港に代わって、中国『明』との交易によりもたらされた豊富な財力で、古い中世を抜け出そうと勢いを速めつつあった。

その証拠に戦乱や一揆などがいたるところで繰り返されたにもかかわらず、厭世的な文化が見事に変貌し、静寂や雅を求める機運が町中に溢れ出していた。

そのことは外国からきた宣教師の伝える『日本教会史』にも読み取ることができる。

そうした至福の時を過ごすこの都市を、大火が思わぬ形で彼らの度量を確かめたのである。

朝が明けても火の勢いはいたるところに残っていた。誰彼となく火事場に人が集まり、次々と消火にあたっていく。怪我人が集められ、迷子を誰かがあやす。

寺社に大商人からの寄進が相継ぎ、そこが救護所となって人々の不安を和らげつつあった。しかしながらその一方で、冬の寒さは焼け出された人々に容赦はなかった。

吹きさらしの堂内に身を寄せ合っても、風の執拗な挑発からは少しも解放されない。

そうした不幸に抗うように炊き出しが始まり、十分に食事が準備されていく。

しかし、彼らの寝床は青空の下の境内の中でしかない。怪我人や女・子供が堂内に優先されたが、それも十分とはいえなかった。

加えて、火の勢いは都市の中央にあるこの寺社の築地すら飲み込もうとしたのである。

幸い火の勢いは、この寺社の築地の周囲を一部崩しただけで止まった。

後年、この築地の修理に寄進された銭の高が、与四郎（利休）を歴史に認める最初の資料となったのは皮肉なことである。

避難が数日におよべば、消失した自分の家から僅かの家財を持ち出して、それぞれが生活を取りもどそうとする。人間の生きる知恵がそこにあった。

境内を埋め尽くす人の波に、じきに変化が起こり始めていた。

なかには、燃え残った他人の家の木切れを集めて、雨風を凌ぐだけの小屋を建てる者が出てくる。それを咎める者が加わり喧嘩が起き怒号がいたるところにあった。

そんな雑踏の中で建物の群れは寺社を幾重にも取り巻いて、異様な集落を築きつつあった。しかし、それができたのは、被害の程度の軽かった者だけである。


堺北庄の失火先近くに天野屋という琉球を介して南蛮貿易で栄えた御店があった。主人・天野屋五郎左衛門は元細川家の郎党で幾多の戦乱に翻弄され、結果としてこの堺で武士を捨てたのである。

その天野屋に主筋の庶出『高田与四郎景勝』が委育されていた。

武士の子といっても彼の母親は町人であったし、彼が生まれた次の年に起こった寧波《にんぽー》の乱（一五二三）が原因で、父親はすでにこの世になかった。

中国『明』との交易を巡って細川氏と大内氏がその覇権を競ったのがこの乱である。細川家の貿易船を守備する形での出兵であったが、寧波の騒動で不幸にも一命を落とした者の中に与四郎の実父があった。

それ以来、与四郎は天野屋の子供として育てられることになった。従って、彼には武士としての記憶がなかった。

ただ、育父の天野屋が、主人の悲運に報いようとして、懸命にその不幸から彼を守ってきただけである。

そのような訳で、与四郎は町人として育ちながらも武家の教養に繋がる教育を受けていたと云ってもいい。

たとえば与四郎が受けた教養の一つが、堺の西（舳松町）の住人で、後の『草庵茶の湯』を確立させた皮屋新五郎（後に剃髪して武野紹鴎）に学んだ茶道である。

紹鴎は町人ながら元は連歌師であり、京随一の文化人・三条西実隆について古典を学んでいる。

その教養の高さは、堺の町で知らぬ者がないほどに喧伝されていて、皮革問屋である本業を遥かに凌いでいた。

その紹鴎に行儀見習いとして、幼少期の与四郎に門を潜らせていたのである。天野屋の与四郎には、その風貌もさることながら、師も期待する天性の素養があった。加えて、武家の持つ潔さがあった。

なかでも、和歌に於ける才能が際だっており、十歳の頃にはその翫賞《がんしょう》に老練さえ見せ始めていた。

加えて、古今の和歌の殆どをそらんじていたし、自らも師を唸らせる和歌を詠み始めていたのだった。

『南方録』の記述にもあるとおり、師の紹鴎が新古今の『定家』の歌から『わび』の理念を見出したのに対して、与四郎は『万葉集』の素朴さを好んで、それを模した歌を詠んだ。

たとえば『有間皇子』の歌がそれである。

『家にあれば笥に盛る飯を椎の葉に盛る』

町人としての不自由のない生活とは無縁な感情だが、この白皙《はくせき》の少年には、人生を一つの旅と見る天性の風情が備わっていたといってよかった。彼の立ち振る舞いに悠揚とした美しさがあった。

そのような英才の話は、衝立の高さを超えて堺の町にも拡がりつつあった。

こんなうわさ話を同じ年代の鋭敏な少年が聞き漏らす訳がなかった。そして、その少年の心に羨望の炎が滾《たぎ》った。

なぜなら、彼が受けて育った賞翫《しょうがん》の日々は、他にこれを超える者がないと思うほどにまでに増長していたからに他ならない。

伝え聞く天野屋与四郎の風聞に嫉妬していたのである。

後に利休が我が身の限界を感じ、茶の師・北向次郎左衛門（道陳）の取りなしで紹鴎の門を潜るのは、天文九年（一五四〇）彼が十八歳の時である。

そんな英才と、もて囃される者がどのような者か、一目見ようと天野屋を訪れたときのことである。

店頭横の縁台に、一人の見るからに気の弱そうな面長で色の白い少年が、なにやら西空を凝視したまま座っていた。

彼の酔眼の先に大きな夕日がまさに悠揚な一日を終えようとしている。その姿に近寄り難い他を威圧するような雰囲気は微塵もなかったが、与四郎（利休）に躊躇《ためら》わせる時間があった。羨望の対象が自分の想像以上であったことによる躊躇である。

やがて傍らの刺すような眼差しに気づいた少年は、振り返りざまに歯をほころばせた。

笑った顔に人の良さがにじみ出ている。

不意に自分の視線を見とがめられたことの後悔から与四郎は狼狽した。しかし、その視線が自分の後方にあることに気づいて、不意を突かれたように慌てて振り返った。振り返った先に、年の頃なら五～六歳と思われる童女が、羨望の相手を、笑みを含んだ顔で見つめていた。

稚児頭に薄い花柄の着物を着て、そのしたに紺染めのもんぺを履いている。

狼狽した自分が阿呆のように思われて与四郎（利休）は、自尊心のやり場に困った。するると相手は童女に軽く手を振りながら、それでいて自分の方に歩み寄ってくるではないか。そうして自分の前に立つと軽く頭を下げて口を開いた。

「魚屋《ととや》の与四さんだよね」

突然に自分の名を告げられて、返す言葉を探した。

この時期、舳松町には先に述べた紹鴎と道陳が同じ町内に住んでいた。茶の湯を介しての二人の交流は再三に渡ったのである。

同じ世界の求道者という共通点が二人を競わせたし、相互の情報が会席の場に度々昇ったとしても不思議ではなかった。

そんな訳で、天野屋の与四郎も偶然自分と同じ名の魚屋の与四郎に興味を持ったのに違いなかった。

それが証拠に紹鴎宅での稽古の帰りに、しばしば今市町の魚屋の前を通り、遠回りをして堺の北庄にある天野屋に帰っていたのである。

従って、この時を境に二人の交流が始まったことは歴史の必然であったに違いない。

与四郎（利休）の商人特有の剛胆な知性と、天野屋与四郎の武士のなかに微かに残った優雅さがぶつかり合っていた。

それぞれが両極端にある個性を見極めようとしていたのである。


話を戻そう。堺の経験した中世の大火は、今日の歴史が伝えるところによれば十数回を数える。

『二水記』や『厳助往年記』などの旧記によれば、天文元年のこの大火は堺の北庄を全滅させ、加えて南庄の三分の一を消失、約四千戸の町屋を一瞬のうちに灰燼にきした。

北庄にあった天野屋も例外ではなく、主人・奉公人含めて二十七人の命が奪われた。その中で、与四郎のみが天野屋の機転で難を逃れて生き残ったのである。

避難する人の流れに沿って、与四郎が辿り着いた神社の境内は、焼け出されたり、怪我をした人達で、まさに地獄絵のような有様であった。

衣服が乱れ、又は消火の際の水を被った者、焦げた着衣のままの者と様々である。

驚愕の事実が次々に訪れ、受け入れがたい現実に翻弄されるなかなのに、なぜか肌を突くような冬の寒さは感じられなかった。

彼の耳元には五郎左衛門の『叫び』が、まだ残っている。

天野屋の死が、奉公人とともに確認されたのは二日後の夕暮れである。

そこにはかつて彼が遠望していた堺の空が、何事もなかったかのように茜色に染まっていた。

以前、歌を詠もうとした落暉《らっき》が、目の前の惨劇など素知らぬ顔で輝いている。彼のなかで何かが変わろうとしていた。

ぼんやりとした不安のなかで、彼は自失仕掛けていた。その時である。

聞き覚えのある童女のか細い泣き声が耳元で鳴った。振り返った先の石段に、筋向かいにあった麹屋の娘『好《よし》』が、渡された粥椀を小さな両手で持ったまま泣いているではないか。

歔欷《きよき》は哀調をおび、雛が親鳥を懸命に探しているそのものに違いなかった。会うたびに天野屋の与四郎の端正な人柄に憧れて笑っていた童女である。

与四郎は炊き出しに並んだ人だかりを強引に掻き分けて少女に近づいていく。駆け上るように石段を登った。

「よしちゃん、助かったんだね。家の人は？　独りなの？」

与四郎を認めた好の顔は、美しかった額の生え際や産毛だったかわいらしい口元など、煤《すす》や泥ですっかり汚れてしまっている。

彼女が体験した地獄が想像された。それでも、けなげに泣くのを止めて無言で頷いて見せる。理屈ではなく与四郎は好を守らなければと思った。

この時から、与四郎と好の未来に向かっての新しい時間が始まったのである。


神社周辺に掘っ立て小屋すら造りだせない者の多くは、その殆どが着の身着のままで、北の堀を超えて百舌の古墳群を取り巻く山野に次々と塒《ねぐら》を求めた。

こうした人々と同様に迷走した末に二人が辿り着いたのは、大古墳の周囲にある小さな洞穴のような陪臣墳墓の一つであった。

古墳はすでに盗掘されていて空っぽの穴を大きく開けている。それを雑草の背丈が、穴を隠していて外からは見えない。

沈みかけた冬の空よりも早く、二人が潜り込んだその洞穴はすでに闇であった。

それでも二人がそこに塒《ねぐら》を求めたのは、吹き下ろす冬の風を防ぐことができるという一事にかかっている。

深い冥府の中に引きずり込まれるようにして二人は躯を寄せ合って眠った。

翌朝、人の声と冥府を破って差し込む朝日とで与四郎は起きた。

立ち上がろうとして、人の重さを感じ、それが好であることを思い出し、きのうの出来事の顚末を辿った。

どこで手にしたのか焦げた端布が好の躰をしっかりと包んでいる。煤や泥で汚れた顔は、僅かに少女の幼さをとどめている。顔には涙の痕跡が残っているはずだが、暗さの中で判然としない。

躰を起こしてそれを確かめようとして腕を上げた瞬間、好が小さな眼をさました。

はっとした驚きがあって、目の前に与四郎を認めたことで顔が和んだ。いや、与四郎にはそう思えた。

「寒くはなかったかい？」

与四郎の問いかけに腕を掴んで、黙って首を横に振った。その仕種がはっきりしているのを見て、与四郎はこの段階での責任を果たした満足のようなものを感じた。

「おなか、すいてないかい？　町に戻ってみようか？」

好は不安を隠さない顔で小さく頷いた。急かされるように好の手を取り、這い蹲《つくば》りながら墳墓の外に出た。風はなかったが冷たい空気が二人を現実に引き戻した。

見下ろした丘墓の下では、すでに無数の白い煙が朝日を受けて立ち上っている。蝟集《いしゅう》のなかに人間達のしたたかさが見えた。

与四郎の頭の中で万葉集巻頭の舒明天皇の歌がすぐに浮かんだ。

『……国見をすれば国原は煙立ち立つ……』

墳墓を下ろうとしたとき、好の足が止まった。

立ち止まった彼女の視界の先に、墳墓と国原との境に黒い灌木の帯があって、二つの世界を隔てた場所で、二羽の鳥が草むらに嬉々として踊っている。

白い腹に毅然とした黒い羽を帯びた『いしたたき（鶺鴒《せきれい》）』に違いなかった。

二羽の『いしたたき』は二人の前で、付かず離れず草むらに口を落としている。何度も見たことのある鳥に違いなかったが、そのときは、ただ彼の風景の周りを過ぎっただけである。

白装束に黒い羽織を端正に着たこの鳥は、この国のどこでも見ることができる。その身近さゆえに気に留めることが薄かったのである。二人の意識が鳥の動きに集中していた。

頭の中から、二人が置かれた状況や経緯などという不幸が消えていく。

いつまで待っても、二人が息を凝らしている限り二羽の鳥はどこにも行きそうになかった。

目線の先から離れようとしない鳥を見つめながら、痺れをきらしたように与四郎が口火を切った。

「さあ、町に戻ろう、色々なことが分かるかもしれん」

そういって好の手を優しく引いた。

ふと我に返ったように目が合い、好が頷くと二人は再び丘墓を下り始めた。

人の動きに『いしたたき』が敏感に反応して、数歩先に飛び移ったが、二人の存在を無視したように再び踊り始めた。

好は草むらのなかを下りながら、何度も振り返り立ち止まった。

下る坂の周囲は、数日前までの凍てつくような寒さが嘘のように緩んで小春日和だ。


環濠の橋を渡り、町に入ったが番屋に人影はなかった。

多くの町びとが橋を往来し、山裾と町中を往き来するのであるから、番屋での詮議は無用となっていたのだ。

橋を渡って二つめの小路の中程に天野屋があった。二人が辿り着いた天野屋のあった場所では、死人の片付けも終わり、焼け落ちた木切れの多くはすでになかった。

ただ、炭のようになったかつての生活の破片が僅かに、あちこちと残っているだけである。

好の家にしてもそうであった。与四郎が示した場所に好は立っているのだが、そこが自分の住んでいた場所だとは思えずにいる。

そのような迷走が続いていたときである。好が黒一色の燃殻の中に記憶の一部を見つけて走り寄った。

「危ないから気をつけて……」

与四郎がそう言ったときには好の手に黒い茶碗が握られていた。黄瀬戸だったはずの茶碗が、火事の炎にいたぶられたのか、釉薬は溶けザラザラとした肌になっている。

「おっかさんの……」

それまで寡黙だった少女が小さく呟いた。

それは好の母親が茶の稽古で使っていた茶碗であった。形から好はそれが母親の物だと分かったのである。

形見が見つかったことで、童女にもそこが自分の家であったことが朧気ながら飲み込めたように思われた。

遺体の多くが次々と茶毘に付されつつあった。怪我人や顔見知りを求めて、与四郎と好は、二人が出会った神社の境内に戻った。

白粥と味噌汁の匂いが交互にして、炊き出しの列に並び朝餉に預かろうとしたとき、列の横から低い驚きの声が聞こえた。

「与四郎ではないか。無事であったか」

それは紹鴎のところに門人として通っている扇屋である。

扇屋は名を与三左衛門といって北庄の外れに見世を構えていた。

その名のとおり扇の売買を生業とする御店だが、その多くは南蛮人相手の土産物に違いなかった。

商いが商いだけに、撫で肩で一見おっとりした商人のように思えたが、見かけによらず気骨のある男である。

天野屋の南蛮貿易とは深い関わりがあって、それが紹鴎宅での茶席に及び、天野屋与四郎は商い先の将来の主人といった眼で、かわいがられて育った。

「残念な事であったのう……」

扇屋の言葉で、一縷の望みであった天野屋の全滅が確信に変わった。

下げた頭の下で、堪えていた涙が一気に玉のようにほとばしり出たように見えた。

実母を亡くし、五郎左衛門が実父のように思えてきたときであったからこそである。

「落ち着いたら尋ねておいで。今からでも良いぞ。二人ともなぁ」

『ありがとうございます』と言ったつもりだが、声にはならなかった。

それから、与四郎は好を守ることが自分の定めのような毎日を過ごした。

昼間は好を伴って町に入り、天野屋や好の実家跡の整理や、町内の奉仕活動に精を出した。夜になれば二人して墳墓の穴の中に戻った。

畳二枚に満たない広さだが、二人が寝るだけには贅沢な広さだ。石と土でできただけの床に筵が敷かれている。

柴門《さいもん》ができ、光や雨が降り込んだ天井の穴は、木切れと雑草の粘度で見事に塞がれている。

石室内の石の窪みに扇屋がくれた灯りが点り、不安な夜が二人の息づかいに手を出せずにいた。微かな隙間を通して入る目に見えない風が、灯心を踊らせて二人の影をゆりかごのように揺らしている。

敷き詰められた筵は、この室の暖かさを受け継いで、微かに土間の冷えから二人を守っていた。

二人は寝ながら、今日一日起こったことを話し合う。言葉がほの暗い室に籠もって、どちらが発した言葉か分からないほど空間に馴染んだ。

石室奥の枕元に平たい石が置かれ、その上に好の持ち帰った黒い瀬戸茶碗に水が満たされ、竹筒に指した灌木の一枝が、数枚の葉陰をそれに写している。

二人の共通した祈りがそこにあった。

再三にわたる扇屋の申し出を断って、二人はこの蕪没《ぶぼつ》の住人でありつづけた。

年が変わって天文二年、触穢《しょくえ》の冬が過ぎ墳墓の苫屋《とまや》にも春が訪れようとしていた。

町並みは見る見るうちにその形を取りもどしつつあった。検地が進み、それぞれの家の境に白杭が打たれ縄が張られた。それでも主人を失った大地には木槌の音はなかった。

天野屋の跡地にも扇屋の後見が入り、与四郎に天野屋再建の道が託されつつあった。

「明日は、そなたにも細かい天野屋再興の話がある。墳墓を出てここへ来なはれ。師（紹鴎）も心配しておられる……」

扇屋の言葉に優しさがあった。

しかし、与四郎は天野屋の商いについて詳しいことは何も分かっていない。ただいえることは、ここでの戸惑いなど、飲み込むように会合衆が取りすすめ、堺の町の秩序が取りもどそうとされているだけである。

「好ちゃん、明日は扇屋さんのお呼び出しで町に行かなくてはならない。だから、昼過ぎには戻るから、ここにいておくれ」

好は、すぐに『うん』とは返事をしなかった。与四郎の再三の言葉にやむなく承知しただけである。

その晩、好は与四郎にしがみつくようにして眠った。襤褸《ぼろ》の着物は少女の白い肌には不似合いである。落魄した身の上からも、少しながら抜け出せそうな気がしていた。

次の朝、与四郎の心配をよそに好はぐずらなかった。

怜悧な娘は与四郎の語った『希望』を信じようとしていたのだ。

墳墓から野原を通って町へ出る道は、人の足によって白い筋となって堺の堀を越え、西の海岸線まで続いているように思えた。

山野での炊き出しの煙は、春の訪れとともに一つ二つと町の中に飲み込まれている。扇屋の話を聞きながら、遠くで梵鐘が昼の刻限を知らせて随分たったように思われた。

与四郎は『昼には戻る』と約束した好の顔がふと頭を過ぎった。

その時である。堀割りの番屋の一隅で大きな騒ぎが起きた。人の流れに不自然な速さが加わった。振り返った与四郎に若い男の叫び声が迫った。

「娘が堀に落ちた、誰か医者を呼んでくれ」

与四郎の顔が総毛立った。

『まさか……』

頭の中に不吉な情景が押し寄せてくる。

話を中断して扇屋に頭を下げると、一目散に橋を目指して走り出していた。

与四郎に番屋の人だかりが映った。更に駆け寄ろうとして、人だかりが大きく開いた。

無頼らしい番屋の男が人だかりを押しのけるように出てきた。一人の娘が髪から着物まで、すっかり濡らしている。助け出した男の豪気な腕に抱えられている童女は、紛れもなく好に相違なかった。近寄ろうとする与四郎を若い男は口で止めた。

「医者が先だ。俺達が気づいてから時がたっている。この娘は助からねぇかもしれない。ついてきな！」

そういって男と取り巻きが走っていく。方角からすれば目的地は寺の納所である。

男達に引きずられるように与四郎も懸命に走った。童女の白い手が男の腕のなかで、何度も揺れている。生きているはずだと思った。

どこをどのように駆け抜けたかは思い出せない。納所の木製の台に好は寝かされた。医の心得のあるという納所坊主が出てきて、好の脈を取る。

閉じられた眼に与四郎が何度も声をかける。坊主の脈を診ていた手が離れて、軽く頭を左右に振った。側で与四郎が悔悟で肩を奮わせていた。

大火という災難を生き残った命が、与四郎の不注意で失われたのである。

好を仏がなんのためにあの大火から生き残らせたのか、悔悟が繰り返し与四郎を襲った。


この時を境に、町で与四郎の姿を見ることが少なくなった。

悲劇が堺の町に喧伝されるのに時間はかからない。ある意味で二人に起こった悲劇は、大火が終演した証のようなものでもあった。

紹鴎が心配し、扇屋が心配し、その余波が道陳の言葉を借りて与四郎（利休）にもたらされた。

天野屋の店先で三人が出会い、その後、近所の悪童とともに町の中を闊歩したなつかしい日々が思い出された。

その延長線上に二人が暮らしていた古墳群を取り囲む山野があった。

ある日、意を決して与四郎（利休）は、橋を渡り、その墳墓の一つを目指した。

そこは彼らが遊び場として幾度となく訪れた墳墓の一つである。

与四郎（利休）の住む町からは、真北に半里ほどの道程である。子供の足でも半刻はかからない距離にあった。

難を逃れてこの平原に寝起きした人々の痕跡は、勢いを増した雑草の群れが包み、すっかり隠してしまっている。遊び場として彼らが散策した草原の景観に変わりはないように思われた。

大古墳の周囲を取り巻くように数基の陪臣古墳が付き従っていて、その一つに与四郎の塒があった。

灌木を押し分けて丘墓の領域に入ると、木切れの柵があって、その奥に墳墓の小さな入口が見える。

柴門の前で声をかけた。神籬《ひもろぎ》を潜る参人の礼儀である。

「与四郎、居るのか」

墳墓のなかで籠もった返事がした。

「入るぞ……」

尊大な声をかけて入口を開こうとしたとき、草葺きの戸が取り除かれた。

天野屋与四郎の痩身の体つきが更にその細さに追い打ちを掛けていた。這い蹲るようにして出てきた彼の顔は青白く、憑依者の風情である。

「心配したぞ……」

「……」

促されてなかに入った。頭を垂れて這い蹲って入る先に漠とした闇があった。ともされた灯明の油が、じりじりと灯心を焦がす音がして、油の匂いが闇をゆっくり開いていく。

アナの中は子供が頭を傾げずに立てる高さである。畳二枚には満たない広さに、二人は辛うじて向き合って座った。

奥に石組みの小さな段が設けられていて、そこには黒い茶碗に水が注ぎ込まれ、その横で竹筒を花瓶に見立てたなかに菜の花が数本生けられている。

石室の黒ずんだ壁は、灯明の光を貪欲に飲み込んで掃き出しそうにはない。

それが二人の間合いを光だけが包んでいるような錯覚に陥る。

どちらからともなく話しかけられた言葉が、ほの暗い空間でゆっくり拡がり、どちらがどちらに話しかけているのか分からぬほどである。そこに不思議な力が宿って、お互いが一つになっていく。与四郎の小さな喘ぎが与四郎（利休）の喘ぎに変わり、再び与四郎のなかに戻っていく。

魚屋とか天野屋といった区別が散漫になり、仏陀の体内に導かれ生命が渾然と一体化したような心持ちになった。

この不思議な体験後、数日たった夕刻である。扇屋からの使いが、天野屋の与四郎の訃報を届けてきた。

与四郎（利休）には、ある予感があった。それが現実のものとなったのである。

見上げた空が蕭条《しょうじょう》として、自然に涙が頬に落ちた。

不意に、二羽の『いしたたき』がその涙を覗き込むように現れて、与四郎（利休）の前を巡って何処かへ飛び去っていくように思えた。そして、確かに誰かから覗かれたような余韻が残った。

# 八、惜別の譜

樟《くすのき》の梢を吹きおりた風は、若葉の淡く心地よい冷たさと蒼い香りを合わせ持っていた。陽光に大きく照り出された数本の大樹は、それに抗するように、地中の水分を萌芽な葉先まで賢明に吸い上げている。

その息吹が豊潤な香として大地の上にも降り注いでいる。生きものの息吹が辺り一面に、(砂利を敷き詰めた)社寺の神聖な矩形の空間をすっかり凌駕していた。

ここは堺の町のほぼ中央に位置する開口神社に併設された別当寺の境内である。この別当寺は念仏寺と呼ばれ、天平の昔に行基によって建立されたと伝えられている。『堺鑑』や『住吉松葉大記』などによれば、金堂をはじめとして三重塔・高楼・食堂などからからなる伽藍が偉容を誇っていたが、第二次世界大戦の戦火でそのほとんどを失って今日に至っている。

先に述べたとおり、神社のなかに寺が同居するという形から神仏習合の霊地となり、室町時代、朝廷の祈願所となったのに引き続き、応永三十四年（一四二七）には幕府の祈願所ともなって堺の町の象徴として隆盛を極めた。

また、この場所は遠く奈良時代から開口水門姫神社と称し、港（湊）の鎮守を役割とした神社として栄え、町びとからは大念仏寺を略して「大寺《おおてら》」という通称で呼ばれている。


そんな身近な聖域で、小さな法要が営まれていた。

寂びて苔むした黒瓦の下で行われている読経の重い響きで、この大きな樟の葉陰から、すべての煩悩が昇華されていく。

ふと、与四郎（利休）は自分が半減していくような寂しさを覚えて、境内横の樟の葉陰に向かって駆け出していた。無意識だったが、ふと見た樹の下に懐かしい顔を見つけたと思ったのだった。

それはこの場所に来ると反射的に思い出す光景だ。読経の脈拍のようなリズムが与四郎を懐かしい昔に引き込んでゆく。

何故かその光景は、三軒ほどの高さの樹に、二匹の油蝉が止まっているところから始まる。

境内は囂《かまびす》しい蝉の鳴き声が辺り一面に反響して、広いはずの境内を思いっきり狭くしている。

その空間に、子供達が声を押しころそうとしているのだが、時折、箍《たが》を外したような真抜けた声にあおられて右往左往している。

「つがいに違いあるまい」

「しっ、黙っていろ、逃げるじゃねぇか」

声の主に叱ったはず言葉が相手の反目を誘って、かえって大きな騒ぎとなっていく。従って、事態を収拾するには、しばらくの沈黙が必要になった。

蝉のいる高さとほぼ同じ長さの竹竿の先には、松脂で作った鳥餅が塗られている。その薄く黄ばんだ糊の中に、人間本来の陰湿さを隠しているのだ。

竿竹に年長の童の背丈を足せば、蝉への距離までは楽に届くはずである。

しかし、与四郎の両手に握られた青竹は、研ぎ澄まされた意識とは裏腹に、それをあざ笑うように小刻みに揺れていた。

息を二〜三度整える。それでも竿先は微妙に揺れて、いっこうに目的に近づきそうもない。

「与四郎、大丈夫か！」

同じ年格好ながら、どこか弱々しい仲間の一人が痺《しび》れをきらしたように声をかけた。周囲の目がこの竿先にあるばかりではなく、与四郎にとって、日頃の驕傲な自分に対する仲間達の品定めのようにも思われた。

その後も、付かず離れずいる番《つがい》らしい蝉に、今まさにこの竿先を押し入れようとしている。仮に、どちらかを取り逃がしたとしても射手には樹下で息を飲んで待っている群衆から、獲物を仕留めた手際に対して、大いなる称賛を受けなければならない必要があった。

小さな沈黙のやりとりが行われて、ついに竿先が蝉の頭上におろされた。息を押し殺していた苦痛をなぎ払うような歓声が聞こえた。歓声の手元へ手繰り寄せられる竿先では、羽を激しく動かす蝉の片われが懸命にもがいている。

そして、手繰られた竿先に手が届こうとしたときである。

与四郎がまさに蝉の体を包み込もうとした手から、蝉は下羽の片方を竿先に残して飛び去ったのだった。

鳥居横の樹々に響き渡っていた無数の蝉吟《せんぎん》がすぐに反応した。静寂が悪童達を包み込んでいく。

いち早く難を逃れて飛び移った相方を追うように、いましも体の一部を失ったはずの蝉が、示し会わせたように同じ樹に向かって飛び去っていく。

蝉が突然見せた番《つがい》としての絆に、誰もが感動している
蝉をただ捕るという遊びに、ちっぽけな動物が示した行動は、彼らがこれから学んでいく自然の摂理の一面があった。

彼らはどうやら稚拙な目的を失念してしまったらしい。

それでいて、場の空気に似つかわしくない正反対ともいえる感情がそこにあった。

首尾良く生け捕られた獲物を通して、与四郎は少なからず一同の喝采を受けるはずだった。それが蝉を取り逃がしたことで不用意に奪われたのである。彼は場の空気を読む度量に欠けてしまっている。竿竹を場に放り投げた態度が、不首尾に狼狽する与四郎の苛立ちを具現していた。誰も与四郎に声をかけなかった、いやかけられなかったのである。

なぜなら彼の行動のすべては、何時も仲間からの賞賛の中にあらねばならなかったのである。それほど彼の知識や行動力は子供達の中でぬきんでていたのである。

十一歳を頭にしたこの悪戯盛りの集団は、何かにつけて町の中心にある大寺の境内をそ

の活動の拠点としていた。

この日も、誰言うとなく与四郎（利休）の工夫した鳥餅のできばえを確かめにきたのだった。しかしながら、その対象は蝉である必要はなかった。しかし、樹に止まって鳴き声をあげることでしか己の存在を表現できないという蝉の不起用さが、こうした未成熟の悪戯の対象になったのである。

我々の人生に於いても言えることだが、愚鈍な正直者に限って、世の中の無慈悲な洗礼を受ける対象になりやすいし、そうした悲劇は枚挙に暇がない。

蝉を取り損なったことで、与四郎の自尊心が崩れかけた。

しかし、この僅かに音を発てつつある孤悶の心象を、傍らで拾い上げる者はいなかった。


大坂湾に面した樹木の少ない猫の額ほどの丘陵地が、どうして栄えたかというと、奈良、京都、大坂のそれぞれの都をつなぐ交通の要路として発展し、十三世紀の初めには『諸国七道』への廻船が出入りを繰り返す湊として賑わいをみせたからである。

加えて、応仁の乱後に、それまで遣明船の母港であった兵庫が戦場と化したため、堺がその代替港としてうまく台頭してきたのだ。

堺は昔、京都の相国寺や住吉神社などの荘園であったが、幕府の所領となり、その後、四国に根拠地を持つ細川氏の支配地となった。

ここで特筆すべき事は、この堺の住民こそが日本の国のなかでどこよりも早く中世という暗い時代を脱したという事実である。

彼らの多くが町民という身分ではあったが、その根底に京都やその近郷の武家の出身者や知識階級がいたということが、自治を確立するという大きな要因になった。

彼らは変遷する領主による翻弄から身を守るべく自治組織をつくり団結し、領主の支配を順次押しのけていった。

まず手始めに『地下請』というかたちで租税の徴収を請け負い、領主による直接的な支配を遠ざけたのである。

いわば日本における『自治都市』の始まりで、富豪な商人がその中心をなし、彼らの代表となる十人は納屋衆と呼ばれた。その後、三十六人の町民の代表者による会合衆へと発展し、この時期すでに独立国的な色合いを示していた。

身分という、生まれながらの鎖は、往々にしてその境を行き来する者だけに感じる重さである。この鎖に、どっぷりと身を縛られただけの環境からは、不平等など感じ取ることはできない。

こうした意味からも堺の町民の出自の多くが武家や知識階級の子孫であったことが彼らの矜持となって、この時代をつくる大きな原動力になったことはいうまでもない。加えて、彼らの多くがこの小さな貿易港を拠点として、変革に最も必要な財力を備えていたことが中世を突破する起爆剤になったのである。


与四郎（利休）は、姓を田中といい、堺の町で屋号を魚屋《ととや》という倉庫業で成功した田中与兵衛の子として大永二年（一五二二）に生を受けている。

田中家は先の生業で成功した。加えて祖父田中千阿弥（道悦）の時代に、足利八代将軍義政の同朋衆をした家柄だと語り継がれた自負があった。

従って、幼少期からこの『同朋衆』という役職がどのようなものであるかという理解より先に、『将軍家のお側衆であった』というその一点に掛かって、彼の気位は傲岸なほどに醸成されて育った。

それに応えるように備わった彼の矜持は、周囲を妙に説得させていく。家に戻れば、いつも奉公人達の賞詞があったし、やがてこの家の主となる人間への畏敬で溢れていた。

彼が五歳になったばかりの頃、次の様な出来事があった。

浜に出かける若い奉公人の一人を追って、船着き場に行ったときの事である。

何度も来て、見慣れた浜の風景であった。その日は沖合の漁船に大量の魚が積み込まれていて、それを受け取る小舟に漕ぎ手の足場すらない状態であった。

海に突きだした木製の船着き場では、大勢の荷の受け手が空の駕籠を持って待ちかまえている。

駕籠に書き込まれた屋号に従い、小舟の漕ぎ手は、魚を選別するでもなく手に触ったものから次々に駕籠のなかへ投げ込んでいく。それを、背負子や天秤を担いだ男衆がかけ声をかけながら、あれよあれよという間に荷揚げをするのだ。

荒々しく担ぎ出された駕籠のなかから勢いよく飛び出した雑魚は、子供や女達の薄汚れた手に素早く握られていく。溢れた魚は拾った者が持ち帰ることができる決まりだ。人の営みの一部始終が展開されていたときである。

呆然と見入っていた与四郎を誰かが払いのけるように押し倒した。

この年齢の子供の平均的な体躯からすれば大きな方に違いない躯が、不意に他人から発せられた思惑によって、桟橋の木組みを支えた大きな石の土台に向かって吹き飛ばされたのだった。

当然のことながらその反動で与四郎は、肘に大きな擦り傷を負うことになった。

顰《しか》めた顔と睨みつけた視線の先に相手の動揺があった。

「この野郎、坊に何しやがる！」

奉公人の言葉に怯んでいる相手をよそに、わずか五歳の子供は泣き声一つあげず、踵を変えて立ち去ろうとしていく。

あっけにとられた奉公人は、振り上げた拳の置き場がないのと、ばつの悪さが同居して、それを払いのけるように、

「気をつけろ」と、捨て台詞を吐いて与四郎の後を追った。

追いながら十五に満たない奉公人は、与四郎の態度の真意を測りかねていた。

一目散に家を目指す与四郎を追いかけた奉公人こそ、後に『魚屋《ととや》』与四郎（利休）の代官を務め、主に替わって店を切り盛りした子持善兵衛その人である。

家に戻っても、与四郎は浜であったことをぐずらなかった。善兵衛が手当てをしたもの

の、袖の下に隠れた傷のことは、二人以外に知る者がなかったし、善兵衛もそれを望んだ。

与四郎が田中家で産声を上げた時期に、この家の奉公人となった善兵衛は、今まさに自分の前にいる幼子の持って生まれた器のようなものに驚愕すると同時に言い知れぬ感動のなかにいた。

その感情も昨日今日に生まれた付け焼刃なものではなかった。

与四郎の父（田中与兵衛）は、室町将軍足利義政、義尚親子二代に仕えた父（道悦）を、僅か十代の時に亡くしており、分家筋ながら父親が同朋衆であったとの誇りをもって、戦乱の絶えない都を離れて堺の町に閑居していた。

したがって、幼い与兵衛は分家ながら守ってきた同胞衆を主筋の家に奪われたとの思いから、唐物数寄者としての審美眼を英才教育されていったのである。

与四郎（利休）が三歳の時のことである。

正月の祝宴で、楚の陸鴻漸《りくこうぜん》（陸羽）が成した茶論（茶教）の茶具二十四事を諳んじ、座興の席ながら、ことごとく居間の茶道具を言い当てている。

彼の振り向いた先にはいつも、父親(与兵衛)の破顔があったし、奉公人達の賞賛があった。

「これは……」

「則《ちやくし》」

「それでは、これは……」

「碾《やげん》」

「うむ、これはしたり。それでは、これはどうじゃ……」

「浄方《みずこぼし》」

たどたどしい言葉ながら、父親から貝合わせのような遊び感覚で教えられた知識は、砂に滲み込む水のように吸収されていった。

そうして、五歳の頃には点前のおおよそを真似するまでになっていたのである。

この小さな天才を、家族はもとより奉公人までが、その将来を確信していたし、当の本人の中にも目に見えぬ矜持が生まれつつあった。

彼の性格を決定づけたこの傲慢こそ、後の彼を形成していく原動力であったし、また、その非業な終焉の遠因とも言えたのであった。

堂内の読経はまだ続いていた。

蝉取りの思い出は、与四郎の苦い記憶である。それはこの大樹の前に立つ度に、繰り返し思い出された。

茫漠とした時間が流れ、彼の意識から蝉の声が遠のいていく。それと入れ替わるように、ふと、彼の脳裏にある春先の情景が浮かんだ。

菜の花を一面に従えた長い堀割りは、大きな大地の周囲を、ほぼ同じ幅で一周している。

丘陵を覆う樹木は、丘そのものを鬱蒼とした大地に変えていた。そして、周囲に築かれた幅の広い堀は、人間の関与を明らかに拒んでいる。

澱んだ堀の水とは対照的に、周りを取り囲んだ菜の花の帯は、彼岸と此岸とを隔てていて、その境界を具現したものに思えた。

堺の町並みを見下ろす高さで、港の東側の丘陵に築造されたこの墳墓は、五世紀中頃に造られた大仙陵古墳（仁徳陵古墳）で、その周囲に十数基の陪臣古墳を従えている。幕府の保護のもと朝廷によって歴代管理されてきたはずの丘陵は、この時代になると、天皇の権威の失墜とともに荒廃して見る影もなかった。

そんな荒れ果てた荒野が、悪戯小僧達の格好の遊び場の一つになったとしてもなんの不思議もあるまい。

後年、ここでの経験が、その後の与四郎に大きな力を与えたことは誰も知らない。

天文四年元年（一五三五）の大火で欠落した念仏寺大回の築地修理のために、各戸に寄進帳が回った。後の『念仏差帳日記』の記載がそれである。

この時の寄進帳によれば、当時十三歳の魚屋与四郎が銭一貫文の寄進に名を残している。父親の田中与兵衛が病身であったとはいえ、与四郎には寄進に値する理由があったのであろう。

# 九、もつれる糸

信長の死後、混乱の危機を鎮撫し、その体制を受け継いだのが秀吉だった。

当然のように、織田家の威風が、この小男に受け継がれることになる。

信長の死後、一年足らずの天正十一年（一五八三）、秀吉の求めに応じて、宗易は坂本や大坂城茶会の茶頭となる。

茶頭とは茶道とも書くが、その茶会ですべての進行を司る者のことである。

しかし、古い茶の湯の文献にはこの語は見当たらない。安土桃山期に全国が統一されていく過程で生まれたものに違いない。

歴史に記録が残る限りにおいて、不住庵梅雪・千宗易・今井宗久・津田宗及らが信長・秀吉の茶頭をつとめている。

それが江戸期になると『江戸は数寄ばやり』と言われるほど茶事が盛んになっていく。

特に古田織部や小堀遠州などが茶道指南となる頃には、城中では柳営の茶道頭が定められ、諸藩にも茶道方という職掌ができてくる。

ちなみに『柳営』とは幕府のことである。出典は漢書周勃《しゅうぼつ》伝の故事によるものである。漢の将軍・周亜夫が匈奴征討を命じられたとき、細柳という場所に布陣し、軍旗粛正し武帝をして敬意を表せしめたことに由来している。その後、将軍の陣営、転じて幕府を指す言葉になった。

秀吉は信長のすべての継承に執着した。その一つが、宗易を茶頭として迎えることである。妙喜庵に待庵を造らせたのも、こうした宗易を取り込むための布石といえる。秀吉からの勧誘は二～三度続いている。

しかし、宗易はすぐに秀吉の茶頭になることを固辞した。この時、秀吉は四十六歳、宗易は六十一歳である。宗易は信長という権力が一夜で瓦解するのを見届けている。人間の平穏な日々など無情なものである。だからこそ自分に残された時間は少ないと思った。

「せっかくの思し召しではござりますが、この宗易、羽柴様のお役に立つには、ちと歳をとり申した」

権力の側で己の茶道を歩いてきたことへの自負はある。しかし、この自負を成り上がり者（秀吉）に奉じるにはもったいない気がする。それに、この男にとって茶道は権力の飾りでしかない。信長の前でこの男が見せてきた自分に対する従順さも、どこかでその正体を現すに違いない。価値観が違うと思った。

「宗易殿、儂をそう困らせるものではない。儂は亡き親方（信長）様の残されたすべての意志を継ごうと、ただそれだけを念じただけじゃ」

言葉は慇懃で、武士と茶人という身分を越えて長幼の序を示してくる。

権力が庶民に向かって叩く戸の音は、始めほど物静かである。しかし、庶民が抗い続けると突如、雷鳴のような地を揺るがす音に変わってくる。

市中の山居から生まれる『詫び』と武家屋敷の茶室から生まれる『華美』とは、思想として対岸にあるものである。宗易はこの数年の己の茶道修業を振り返った。

信長に妙覚寺の茶会で初めて茶頭を任されたのが、天正三年（一五七五）十月、宗易五十三の時である。

八年近い歳月のなかで、己の信ずる茶道が求道されてきたかを顧みている。しかし、総括すると結論には至っていないと思った。

ただ、待庵に己の昔を見たことで、目指すものがぼんやりとだが姿を見せつつある。

築城の始まった大坂城での茶会へは宗易と宗久が出席している。

二～三の葛藤の末でのことに違いないのだろうが、師・道陳が心配した宗易自身のなかに脈々と息づいている（将軍家のおとぎ衆であった）という矜持が権力にすり寄ったのである。

こうした互いに無理をした表面的な関係にもやがて亀裂が入り始める。おそらくそれは両者とも予期してきたのに違いない。

秀吉の宗易への遜《へりくだ》りはそうした懸念を払拭するように続いている。

天正十三年（一五八五）十月、宗易は秀吉の命で正親町天皇への禁中献茶に奉仕し、宮中参内するための居士号『利休』を勅賜されている。これ以後、歴史は彼のことを利休と呼ぶ。宗易が天下一の茶人として、時の天皇に認められたことに他ならない。

この高揚した気持ちの影の演出者は秀吉に他ならない。

しかしこの時、宗易が一歩立ち止まって考えていれば『詫び茶』の求道者としての自分を見失わずにすんだはずである。

関白に就任し『豊臣』の姓を賜った秀吉は、翌、天正十四年（一五八六）一月、年頭の宮中参内の時に『金の茶室』を運び込ませた。

折りたたみ式の三畳の茶室は、壁・天井・柱・障子の腰に金箔が施され、畳表は猩々《しょうじょう》皮、縁は萌黄地金襴小紋、障子には赤の紋紗が張られた。またその茶室には黄金の台子・皆具が置かれた。

茶道でいう皆具とは水差・杓立・建水・蓋置の四つの品が揃っていることをいい、それらは台子や長板を飾るために用いられる物である。


「利休よ、この度の宮中参内では、帝（正親町天皇）へはその方と供に茶を献じたいと思う。ついては茶室その物を準備致し、関白勅賜のお礼と致そうと思うがどうじゃ？」

秀吉の思いつきに利休は戸惑った。

「これから茶室を宮中に造ると仰せられますか？」

「戯《たわ》け、これからでは間に合うまい。折りたたみにて持ち込める茶室を造るのだ。それを宮中で組み立てる。どうだ、名案であろうが」

なるほどと思った。話によれば信長の美濃攻めで墨俣に、組み立て式の一夜城を造ったのもこの男である。（あくまでも、人を驚かせるのが好きな男よ）と利休は思った。

「ついては、武家の統領たるこの儂の器量を示さねばならぬ。そうだ、すべて金仕立の茶室という物はどうじゃ？」

「……金の茶室でござりますか？」

宗易は関白の唐突な申し出に意表を突かれて言葉を失った。

「部屋だけではないぞ、茶道具もすべて金仕立と致せ。よいな」

「しかしながら上様、茶とは本来質素を旨としたものでござれば、金仕立とは突飛ではござりませぬか」

「その方も石頭じゃのう、この度は関白拝命のお礼であるぞ。お前の『詫び』とか申す茶では貧乏くさい。ここは、帝に関白の力量を見せる機会ぞ。金を惜しむなよ」

秀吉が話しながら興奮していくのが分かった。そして、この男に本当の茶は死ぬまで分からぬと思った。

茶道の持つ精神性が軽んじられ、茶席の意匠が座興に取って代わっている。腹立たしいというより、この秀吉という男の狂気を見極めてやろうと考えた。

それならば、こちらも馬鹿を決めてこの男の狂気に乗るしかないと思った。

（よし、この男が城を三日で造ったというなら、儂もこの男の感慨の外にあるような茶室を造ってみせねば）と思った。

この時点で、『詫び茶』という精神・理念は捨てたことになる。

正月の参内で黄金の茶室が持ち込まれたとき、宮中の響《どよ》めきは秀吉を有頂天にさせた。なかでも公卿達の驚愕の声が秀吉を満足させたのである。

「どうだ、帝も驚いておられたであろう」

秀吉は関白の称号と『豊臣』の姓を下賜されて、己が世も極まったと感じている。

「この度のこと、執着至極にござりました」

利休は慇懃にこの天下人に頭を下げたが、（成り上がり者も、ここまで来ると一つの世界の創造者に違いあるまい）と思った。

「そうだ、お主にも世話になった。今後は利休の名に恥じぬよう更に精進致せ」

利休は頭を下げたが、一方で押さえていたはずの疑念が輪郭をはっきりさせて燃え始めた。

秀吉が関白と成り、宗易が利休と成る一年ほど前のことである。天正十二年（一五八四）、宗易高弟の山上宗二が秀吉の怒りを買うという事件が起きた。

山上宗二は天文十三年（一五四四）の生まれであるから、この時、宗易六十二、秀吉四十六、に対して四十を越えた頃である。宗易同様に堺の町衆で、屋号は薩摩、号は瓢庵といった。

茶人としての力量はあったのだろうが、嘘、ごまかしを嫌い、不必要に人に阿《おもね》ることがなかった。また、思ったらすぐにズケズケともの言う癖があり、人に憎まれることも多かったという。しかし、宗易はこの男の放埓さを買っており、たびたび意見を求めている。

その宗二がある茶会で秀吉を貶《けな》したのである。

「そつじながら、親方様（秀吉）のお考えは可笑しゅうございます。茶とは本来、互いの存在を尊重しながら、上下の隔てなく時を同じくするものでございますれば、点前の上手下手に及ばず、利家様が先に茶を飲まれたとしても、亭主が茶席を決め申した順番に沿うことは何の不思議もござりませぬ」

この時、客席には秀吉を挟む形で、奥に利家、手前の躙り口近くに大徳寺の古渓和尚が座っていた。亭主は山上宗二が務め、その横で宗易が後見を務めるという、一つの空間に五人が対座していたのである。

宗二が奥の利家に茶を最初に献じたことで秀吉が口を開いた。

「宗二、この茶席の客の主は秀吉ぞ。利家殿に献じる前に儂に茶を出すのが筋であろうが！」

秀吉の言葉を聞いて宗易も（なんと、器の小さい……）と思った。

まさに時代の流れからすれば秀吉が主客である。しかし、宗二は『茶の教義』を盾にこれを無視した。

宗易・利家・古渓らの取りなしで、秀吉は『茶の教義』という言葉を聞いて一旦怒りを収めた。

しかし、宗二のふてぶてしい態度に、

「儂は帰るぞ、不愉快きわまりない！　宗易、この男の始末、其方に任せる！」

言い捨てるように茶席を出ていく。利家が後に従い、宗易に目配せをして秀吉を追うように外へ出ていった。

「師には申し訳ござりませぬが、あの男、師の教えられる茶道について何も分かっておりませぬぞ。天下人があれでは、あきれ申す」

秀吉の突然の退席で場は壊れてしまった。

「宗二よ、申すことそのとおりなれど、場の空気を読まなんだのう」

宗易はたしなめるように言った。

「和尚は如何思われる？」

宗二は宗易が秀吉にすっかり取り込まれているのではないかと思い、古渓に同意を求めたのである。

「お主はわざと席順を決めなすったのう。見れば最初からお主の意図が見えており、正直どうなることかと思った。この思いは宗易殿も同じでござろう」

宗易は黙って肯首した。

身分の上下といいながら、宗二自体がこのことにこだわった席順である。日頃、理非曲直を口にしながら物事の正邪が分かっていないと思った。

この茶席での失態で山上宗二は浪人となる。その後、しばらく利家の元に身を寄せたが天正十四年（一五八六）にも再び秀吉の叱責を買い高野山へ逃れている。

ここで、後の秘伝書『山上宗二記』を書くことになるのだが、この時間がなければ宗易の足跡の多くは残らなかったであろう。

天正十七年（一五八九）、利休と大徳寺に関する二つの事柄が伝わっている。

一つは、この年の正月に両親・亡児の供養と利休夫婦の生前供養をかねて大徳寺へ毎年七石の永代供養米の寄進を申し入れている。

そして、いま一つは大徳寺山門（金毛閣）上層部の増築を申し入れ、父親（与兵衛）の五十年忌の供養として寄進された物である。

大徳寺の金毛閣は応仁の乱で消失していた。それを連歌師宗長が秘蔵の源氏物語を売却し費用に充て再興したのだが、単層造りだった。それを利休は寄進によって重層構造に造り替えている。

大徳寺住持春屋宗園はこれに応えて山門に利休の木像を飾った。

このことが利休の立場を追い詰めていく一因になるとは誰も思わなかったのであろう。

またこの時、石田三成との衝突がもとで、秀吉の勘気に触れ九州へ流されていた古渓も利休の取りなしによって京へ戻っている。

数年前から輪を広げるように起こった三成周辺とのいざこざは、時代が古い権威という殻を脱ぎ去ろうとしていたことに他ならない。

利休周辺の人物が次々と遠ざけられるに従って、利休の中にも自分の行き着く先が見え始めていたのかもしれない。

天正十八年（一五九〇）、六十八歳となった利休は、老体に鞭打って秀吉に従い、小田原攻めに参陣させられていた。

歴史の因縁であろうか、この時、秀吉の二度にわたる勘気に触れ、足跡を消していたはずの山上宗二は、小田原に下って北条氏に仕えていた。

利休は宗二との手紙のやりとりで、宗二が小田原で北条に遇されていることを知っていた。

「……この度、関白様が北条征伐に向かわれることになった。その方が氏政殿を説得できれば戦は無用となると思うが、如何に……」

この時点で宗易は宗二が北条を説得できるとは思っていなかった。それよりも、戦乱となって高弟である宗二の身を案じたのである。

しかし、この時点においても、宗二の秀吉に対する嫌悪は少しも和らいでいなかったのである。

「師には再三に渡るご心配、この宗二お礼の言葉もございませぬ。しかしながら、お言葉に従い、そちらへ戻ったとしても関白の怒気は収まりますまい。ならば、宗二の運命もこれまでと北条の方々に殉じる覚悟にて……」

利休は宗二の文面の端々に、秀吉への恐れと死への執着が見て取れた。愚かな弟子だと思いながらも、二十年近くを自分の側で修業してきた男である。死なせたくないと思った。

それで二度目の手紙を城内へ送った。それも、秀吉には宗二に氏政を説得させるという口実で送ったのである。

「再三のお申し入れ氏政殿にはお伝え申してございますが、父君（氏直）様の勘気がことのほか大きく、氏政の殿も難儀されておられます。よって、城内の体勢未だ定まらず……」

二度目の手紙には氏政の義父にあたる徳川家康も開城するよう説得している。

こうした膠着状態に秀吉は痺《しび》れを切らし始めていた。

「ええっ、埒《らち》があかぬではないか。ならば思い切って、城門へ大筒を打ちかけてみよ！」

この秀吉の一言で、城を囲んでいただけの兵に緊張が奔った。しかし、その緊張は小田原城内の方が数倍大きかった。

四月八日に攻撃が始まると、城内は騒然としていく。そして、宗二も動いた。

すぐに交友のあった皆川広照の手勢に守られながら秀吉軍へ投降したのである。

宗二は秀吉の前に連れ出されてきた。

「宗二、お主しぶとく生きておったか。何故、小田原に来ておる？　利休の言葉をなんと聞いておった。もはや大勢は決まっておる。馬鹿めが！」

利休の取りなしで秀吉に面会を果たすことができたはずだが、宗二は秀吉を睨んで荒く息を吐いた。そして、息を胸一杯に吸い込むと秀吉に向かって大声を上げた。

「関白様とやら、北条とて座して城を渡すつもりなどござらんよ。氏直様が申されるには（どこぞの田舎者にしては悪戯が過ぎる）と仰せよ。誠にそのとおりで、我が師も情けなきことよ。かような男の茶頭に成り下がるとは……」

関白秀吉の皺の多い顔がより渋顔になった。

「こやつ言わせておけば言いたい放題に言いよって。利休の手前、今一度許して使わそうと思ったが、これ迄じゃ。己が所業の責を、身をもって償え。連れていけ。よいか、此奴の耳・鼻をそぎ落とし、屍となっても見聞きのできぬように致せ！」

秀吉は宗二を許さず、耳・鼻をそぎ落とし打ち首にしたのである。享年四十六歳、箱根湯本の早雲寺に追善碑が残されている。

小田原・北条征伐は兵糧戦である。互いに動こうとはしない時間が無情に流れるだけである。その時間の空白を埋めるために茶会が催されていく。

この物見遊山な旅に、正直なところ利休は退屈していた。それに、宗二の死も利休を暗くさせている。

それでも、はしゃぐように秀吉によって石垣山に一夜城が造られていく。この天下一の成り上がり者が見せる、人の意表を突いて喜ぶという悪趣味に利休の周囲は閉口していたのである。秀吉の他人を驚かす仕掛けに、宗易は宮中での金の茶室を思い出す。血を見ないですむだろう勝ち戦に陣営そのものが弛緩し切っていた。

鬱々とした時間を忘れようとして、利休は手慰みに花生《はないけ》をつくった。

後に有名になる伊豆韮山《にらやま》の竹を使った花筒である。利休はここで三つの竹筒の花入れを作っている。

秀吉軍は小田原城を包囲する前、北条氏の支城である韮山城を攻めた。豊臣軍四万四千に対し北条氏親を大将とする兵は三千六百といわれている。

この韮崎の陣で寄宿した寺の軒下に切り出した大ぶりの竹があるのを利休が見つけ、これを譲り受けた。長い間、置かれていたと見えて竹は黄色く姿を変えている。

「御坊にお尋ね申すが、軒下の竹は如何なる目的のために掛け置かれているのでござる？」

寺は北条家の庇護の元にある。それを敵将の一団が寺内を宿営地として占拠しているのである。住職は複雑な気持ちだが仏を前に敵・味方もあるまいと思い直した。

参陣してきたのが時の関白秀吉であることもさることながら、同行する茶人が利休だと聞いて住職は緊張している。

「ああっ、あの竹のことでございますか？」

住職は（竹がどうしたのだ）と思った。（竹に疑念を持ったのか）とも思った。

「あれはこの寺の裏手にある韮山の竹でございます。この寺ではあの竹を乾燥させて食器にしたり、編んで日除けを作ったり致します。ほれ、あの大きな竹は二つに裂いて皿の代わりと致しております」

住職はあくまでも寺の生活のためだとし、武器などに成りようもないと答えた。

相手の緊張を認めて利休は優しく言葉をかけた。

「ご住職、こちらの寺にとって必要な物だと分かり申した。なれど、この利休、竹の立派さに惚れ申した。これはお願いでござるが、あれより二〜三本三尺ほど分けていただけまいか。都にも良き竹はござるが、あれほどの物はそうござらん……」

住職は利休が竹を欲しいと言っただけだと分かって緊張が一気に緩んだ。

「なれば早速、寺の者に命じて明日の朝までには準備させましょう。数も少し多ござればば、直に見ていただきご指示くだされませ」


秀吉の一団が小田原城を見下ろす石垣山に着陣し、利休もこれに従って陣中に入った。籠城を決め込んだらしい相手を見ながら押すことも引くこともない日々が過ぎていく。その退屈な時間を埋めるように韮山で譲り受けた竹で細工を始めた。

参戦してきた味方の諸将をねぎらうために茶会が催されていく。利休は韮山の竹で作った即席の花器を二〜三作った。

作りながら、何故か故郷堺の町で死んだ、いま一人の与四郎のことを思い出した。

（季節も今頃であった……）

そして、古墳の畤でいま一人の与四郎が竹筒の花器に野辺の花を入れていたのを思い出した。

「利休、あの花入れは何じゃ？」

花入れに一番近いところに座っていた関白が、あからさまな渋顔をつくって利休に訊ねた。

「あれでござりますか。先般、韮山城包囲の折り、宿営した寺より譲り受けた物でござります。なかなかの竹にて、こうして花器にすること思い立ち、本日飾らせていただきました……」

「花入れは大坂より持参しておろう。何故、この花器を？……」

何事にも華美で一流の名物で飾りたい茶席に、粗雑な竹の花器を置いたことに関白は、己の対面を潰されたと思った。

「早々に、他の物と替えよ！　ただでさえこの戦に難儀されておられる方々を労うにしては無礼であろう。お主の貧乏くささには辟易する」

利休は言葉を返そうとしたが、（小田原攻めで頭が一杯のこの小男に話が通じることはあるまい。儂はこの場からもっと早くに身を引くべきであった）と思った。

無言で利休が茶席を出ていくのを見届けると、関白・秀吉は利休の最近の振る舞いについて茶席の面々に低いそれでいて辛辣さを含んだ言葉を投げ入れた。

「あ奴も歳をとったものだ。やることなすこと古びて貧乏くさい。しかし、不思議な男よ。一貫文の茶碗も奴が目利きをすれば百貫文にも化ける。たかが茶を飲むための椀が、一が百になってしまう。見立てとは申せ、器は器だ。もっともそれであの男は暴利をむさぼっているとの噂もある。『詫び茶』と申すのなら、どこぞの寺で隠者とでもなって暮らしておればよいものをなぁ」

利家は関白の言葉を聞きながら、その昔、秀吉が三拝九拝して当時の宗易を茶頭にしたことを思い出した。そして、器にしろ人にしろ、その時期を過ぎれば無用の長物のように退けられるのだと改めて思った。

この時、利休が茶席に飾った竹筒の花器はいまも残り伝えられている。

真竹の二節を残し、一重の切り込みを入れた簡素な花器である。北条征伐後、その花器は利休の子で茶人でもある少庵に受け継がれている。

竹筒の正面に見える割れ目が、園城寺にある引摺りの鐘に似ているとの見立てで、その後、利休作『園城寺』花入れとなった。

ちなみに『園城寺』とは、滋賀・大津にある天台寺門宗の総本山で、七世紀に大友氏の菩提寺として建立されている。本尊は弥勒菩薩で一般には三井寺の名で知られている。

また、寺の縁起によれば承平年間（九三一〜九三八）に三上山の百足を退治した田原藤太秀郷が琵琶湖の龍神から、そのお礼にもらった鐘を園城寺に寄進したとある。その後、園城寺と比叡山の間で抗争が起こったとき、比叡山にいた武蔵坊弁慶がこれを奪い比叡山に引摺り上げたという。しかし、鐘の音が「イノー・イノー（帰りたい）」と鳴いたので、弁慶はそんなに帰りたいのであればと谷へ投げ落としてしまった。そのとき鐘に割れ目ができたという。つまり、少庵が見立てて名付けたのは、この故事によるものである。

悪いことが起これば鐘が汗をかき、撞いても鳴らず、良いことが起こるときは撞かなくても鐘が鳴ったといわれている。

ちなみに、文禄元年（一五九二）七月から鳴らなくなり、祈祷を行うと八月にようやく鳴るようになったということである。

この七月には秀吉の母・大政所が没している。

小田原征伐という北条攻めが終わると、利休は旅の疲れをとるために有馬温泉によっている。そのとき、門人の一人でもある古田織部と湯殿を同じくした。

織部が湯船に入っていくと先客がその中に漂うように浸かっている。骨太の躯だが白い肌に隠しきれぬ皺が首筋に見られ、時折、湯を掻き上げる腕の肉の弛みは老人であることがうかがえる。織部が声をかけて湯に入ると、先客が頭を返した。

「これは利休様でござりましたか。こちらに寄られておると知りませんでした。この度は、長うござりました……」

織部は『利休七哲』の一人である。元々織田家の家臣であったが本能寺の変の後は秀吉に仕えている。先年亡くなった山上宗二とは同じ文永十三年の生まれである。

古田織部は茶人として知られているが、美濃国の国人領主であった古田重安の弟に当たる古田主膳重定の子として生まれ、後に伯父重安の養子となった武人である。

古田氏は元々美濃国の守護大名土岐氏に仕えていたが、信長の美濃進駐にともない織田家の家臣として仕え、長岡藤孝（細川幽斎）の使番を務めている。

壮年期に従五位下『織部助』に叙任されて古田織部と呼ばれるようになった。

元来、織部は茶に興味を示していなかったが、実父重定が「勘《かん》阿弥」という茶人でもあったことで四十歳頃から茶を始めている。従って、茶とは全く無縁な幼少期ではなかった。

「おおっ、これは織部殿こそ、ご苦労でござった」

「陣中での山上（宗二）の件、誠に持って残念なことでござった。このとおり、お悔やみ申し上げる」

織部は湯船に顔を浸けんばかりに頭を下げた。

「いや、いや不祥の弟子でござった。あれも己の信念を通してのこと、茶人として未練はあるまいと存ずる。ただ、あれが力、茶人としてもっと違う方向に向けておれば……」

利休は湯船から立ちあがる湯気の先を見つめている。

「それにしても、ここだけの話でござるが、関白殿下の最近の行状は腑に落ちませぬ。利休様は、そのように思われませぬか」

そういって、湯船の外に人影を探すように左右に首を回した。

幸い、風呂には二人だけである。織部は手で湯を大きく掻くと利休の側に滑るように近づいていく。

「ご存じではあろうが、ここのところ大政所（秀吉の母）様だけでなく、秀長（秀吉の異父弟）様も体調を崩しておられる。関白殿は色々と気苦労がおありのようで」

利休は秀吉に対する義憤を悟られぬよう大政所と秀長の話を持ち出した。

織部はすぐに利休の心情を察して、話を茶のことに向けた。

「それがしも聞き及んでおりますが、思いの外お悪いようで……」

「なに、お二人が特別という訳でもござるまい。人間誰しも歳を重ねれば、あちこちと具合の悪いところが出るものよ。この儂とて古希が目の前じゃ。ようも生きてきたものと思いまする。ところで話が変わり申すが、焼き物の進み具合はいかがか？」

「はあ、師のお教えに『人と違うことをせよ』との言葉をいただいて以来、様々な工夫を重ねて参りましたが、お言葉のとおり進められておりますかどうか」

利休は織部の真摯な言葉を聞いて、両手のひらに湯を掬うと、茶を飲むような仕草でそれを顔にかけた。

「この有馬の湯同様にそこもとの工夫、この利休感服つかまつっておるところじゃ。もっと、己を信じ色々と試されることだ。この利休には思いもつかぬことに驚かされてており申す。もはや、独自の境地を極め始めておられる」

利休に褒められながら織部は師（利休）にも死が迫っているのではないかと思った。ならば、何時聞いても、はぐらかされてきた利休の創意工夫の根源を知りたい、いや聞いておくべきだと思った。

「幾度もお訊ねしてきたこと故、またこの度もお答えいただけぬか分かりませぬが、師の茶の創意工夫はいかなる思案の元で生まれたのでござろうか？　この織部の今後の精進のためにも是非とお聞きしたいものでござる」

利休は織部の問いかけに（またか）とは思わなかった。小田原での宗二のこと、また花入れのこと、いずれも自分と関白の間に、本当は昔からあった隔たりが正体を見せ始めているとと実感してきたのである。

「儂が工夫など、もとより何もござらん。ただ、我が師達から教えられた『茶は人間の生き様を示すものにて』という言葉に従い、一度きりの生を諸々の雑事に惑わされず、人との出会いに感謝しつつ生きるということに終始してき申した。いま、己でしゃべりながら本当に左様かと疑う己もござれば、さて、何処までが本当やら、いまも迷っており申す」

織部は利休が自分の問いをはぐらかしたとは思わなかった。

「織部殿にもござろうが、幼き頃の思い出の中に、これだと忘れられないことが一つや二つあるであろう。この利休にもそうしたことがござってな、信長様が明智殿に討たれたときまで、これといって気がつかなんだ。手短に申せば『古き思い出（心）』の具現とでも申そうか、いまは亡き人々を偲ぶ心にて候」

織部は利休が長い間、湯に浸かっているので上気して、気分が火照っているような気がした。

利休が一礼して湯殿を出ると織部は「では、また……」と言って深々と頭を下げた。歩き去っていく利休の姿は茶席で見せる凛とした居住まいではなく、古希に近い老人の背中だった。

天正十九年（一五九一）一月、利休の良き理解者であって、後ろ盾ともなっていた大和大納言・豊臣秀長が病没した。以来、関白やその周辺との関係に齟齬が多くなった。その結果、揚げ足をとるように無理難題が増えていく。

かつて、山上宗二が関白に楯突いたように利休の言動や物言いも露骨さを見せていく。

そして、互いの我慢が頂点に達したとき、利休弾劾の声がわき起こった。

この時、利休は善後策のように伊達政宗を白川に迎えている。

小田原征伐に遅れた政宗に秀吉が立腹したとき、この去就について利休が助言して正宗は難をのがれている。以前、自分が与えた借りに縋《すが》ったのかもしれなかった。しかし、このことがかえって結果を悪いものにしていく。

紆余曲折の末、利休は秀吉の怒りを買うことになっていく。そして、天正十九年（一五九一）二月二十八日に自刀している。

当日は朝から天候も荒れ、雷もとどろいて、天下一の茶人の死に驚いているようだった。

蟄居を命ぜられた京都葭屋《よしや》町の利休屋敷では、静かで濃密した時間が流れていく。雷の音も遠くに去った。この時、蒔田《まきた》淡路守の介錯で自刀して果てている。

おびただしい血の海に横たわる夫の遺骸に、宗恩《そうおん》（妻）は無言で綾の白小袖を掛けたと伝わっている。七十年の生涯であった。

# 十、遺偈《ゆいげ》

利休は古渓和尚と最後に会った時、末後の一句、什麼生《そもさん》（如何に）と問われて、こう応えている。

『白日青天怒電走』

利休が残した二十五日付けの遺偈《ゆいげ》

人生七十　力囲希咄《りきいきとつ》
吾這《この》宝剣　祖仏共殺
提《ひつさぐ》レ我得具足の一太刀
今此時《このとき》ぞ天に抛《なげう》つ

天正十九年（一五九一）二月十三日、秀吉より堺への蟄居を命じられた利休は聚楽第を出た。その際、娘（お亀）に歌を残している。

『利休めは　とかく果報の物ぞかし　菅丞相にナルと思えば』

ちなみに、『菅丞相《じょうしょう》』とは菅原道真のことである。この時、太宰府に流された道真と自分を重ね合わせた歌である。

利休は淀《よど》まで陸路を使い、淀川から舟に乗って堺の今市町の屋敷に戻っている。

皆が異変を聞きつけたのにも関わらず、見舞いする者もほとんどなかった。ただ、淀川の舟本には利休七哲と呼ばれた七人の弟子のうち、古田織部と細川三齋の二人だけが岸から利休を見送っている。

利休は心の内に大声で「織部よ、これ寄りの茶を頼み参らす」と叫んだ。そして我が道も「ここまでぞ」と付け加えた。

岸辺の木々はすでに葉を落としている。二月の襟元を撫でる風が、微かだが弱まったように思えた。舟の上で利休は二度と振り返らなかった。

同年の四月半ばは、何時もの年より草木の芽吹きが早いように思われた。

京都山科でも山々の木々が競うように若葉を茂らせていて、廃寺跡を改装して織部が隠れ里としている館は、長い石段の下から見上げても、その姿の全貌を見ることはできなかった。

朝に僅かに見せていた寒さも陽が角度を増すにつれ、春の陽気を運んでくる。

開かれた山門を潜ると緩やかだが五十段ほどの石段が途中の中門を貫いて真っ直ぐ館に向かって伸びている。

太陽の高さからして、昼はまだだと思われる。その石段を一人の若者が、館を真っ直ぐに見据えて上ってくる。

十徳姿だが頭に網代笠をかぶり、背中に笈（修験者や僧などが背負う足のついた箱）をからい、手に丈をつきつつ上ってくる。男が中門に差し掛かったとき、突然、門の脇から二人の男が飛び出してきて道を塞いだ。

「何処へ行く！」

年かさと思われる男が、上ってきた若者に声をかけた。腰には刀を差している。二人は、この館を警備している武士だと思われた。

唐突に出てきた二人の男に若者は驚いたが、慌てて笠をとると人なつっこい顔を見せた。

「怪しき者ではござりませぬ。手前が主人に申しつけられて織部様に笈の中の物を届けに参ったのでございます」

そう言って、背負った笈を指さした。

表札のない廃寺にできた館に、若者が織部を訪ねてきたと聞いて、二人は警戒していた力を抜いた。

「お主、どうしてここが古田様の館だと分かったのだ。それに、その方の名前は？」

上ってきた山門や中門の何処にも表札など掛かっていない。山門を潜るとき、かつて寺の名前を記した表札の跡が、白く面影をとどめているだけで、館の主の名など知ることができぬのである。

「これは申し遅れました。手前は楽長祐という焼物師でございます。我が師の名前は申せませぬが、決して怪しい者ではござりません。ただ、織部様に長祐が来たとお伝えいただければお分かりいただけます」

確かに男は差料も持たず、言葉使いも武士ではないと二人は思った。

「本当に焼物師なのだな。では、証拠にその背中の荷物を開けて見せろ！」

もう一人もそうだという顔つきをしている。

「申し訳ございませぬが、この品は直接、(織部様にお渡し申せ)との命でございますれば、ご勘弁くださりませ」

長祐は利休に言われたとおり笈の中身は織部だけに見せようとしている。

「いやならぬ、その方が本当に焼物師かどうか分からぬ。それに、その方の主人の名も言えぬとはおかしいではないか。我らはここからは届けのない者を通さぬように厳命を受けておるのだ。早う立ち去れ！　帰らねばお前を捕らえて白状させねばならぬ」

「……」

「どうした、戻るか、ここで捕らえられるかどっちだ？」

長祐は利休の名を出してでも通ろうと思ったが、あえて名を出さずに御側(織部)に伺えという利休が示した優しさを改めて思った。

利休の自刀から四十九日の法要も済ましているが、この都では、特に関白の側では利休の名は厳禁である。従って、その家人が織部を訪ねたと露見したら、織部に迷惑の掛かるのは必定である。

長祐はこの状況を打破しようと考えた。そして、一つ思いついた。すぐに、腰に下げていた竹水筒を外すと門番にそれを差し出した。

「これがなんだ。ただの竹水筒ではないか。我らを馬鹿にするのか。もうよい、お前を捕らえて詮議してやる。堪忍してそこへ座れ！」

そう言うが早いか捕り縄を取り出して長祐を縛りに掛かった。

「待ってくだされ、その竹水筒の底をご覧くだされ！　我が主人の家紋でござります。これを織部様にお見せいただければ、私が主人の名を申せぬ訳を分かっていただけましょう」

門番はすぐに竹水筒の底を見た。確かに、何かの模様が彫られている。

「これがどうした。何の印だ？」

「それは独楽の紋でございます。当家主人の家紋でございます。どうか、これをお見せ願えぬでしょうか？」

「いや、だめだな。此奴を縛って御用人様にお見せ致しご判断を願おう」

相方もそうだなと肯首した。そして、掛けかけていた縄を長祐の躯に回し始めた。

「いい加減になされませ。このことが織部様に知れたらお二人の首が飛びましょうぞ」

長祐が眼をつり上げて恫喝するように声を荒げて見せた。

一瞬、二人がたじろいだのが分かった。

「打ち首ですぞ！」

二度目に言った長祐の言葉は二人に冷酷な鬼がしゃべっているように聞こえた。

「まあ、待て。そう苛立つな。これから御用人様のところへ行って参る故、その方はここで待て」

年かさの門番がそう言うと、一人を残して石段を登っていく。

残った二人は上っていく男の背を追っていたが、男が見えなくなると眼を同時に戻した。そのときである。番《つがい》らしい二羽の小鳥が二人の前に降り立った。

「いしたたきですな」

長祐が咄嗟に鳥の名を言うと、相手の男が感心したように言った。

「あの鳥の名はいしたたきと言うのか。其方、鳥の名も詳しいのか？」

「いえ、主人のお供をして散策の道すがらよく見たもので、名は師より教わりました」

言葉もなく二人は側に飛び降りてきた二羽の鳥を目で追った。黒い背中に白い腹が見えて、尻尾の羽を何度も上下させている。門番の男は（せわしない動きをする鳥だ）と思った。

しかし、鳥を目で追う長祐の眼には泪が浮かんでいる。（利休様が心配しておられる）

と長祐は思った。

竹水筒を持って上っていった門番の一人はまだ戻ってこない。御用人を探すのに手こずっているのだろうかと二人は思った。

待つ間、目が合うとどちらからともなく、目先をそらしていく。二人に気まずさが出始めたので長祐は思わず声をかけた。

「いま、何時《なんどき》となりましょうか？」

「そうよな、まもなく九つ（真昼）というところかのう」

時が昼に差し掛かっているということで長祐はまずい時間帯になったと思った。なぜなら、昼餉が入れば織部との面会もその分だけずれるということである。

用を済ませて宿に戻る頃には、日が暮れてしまうような気がした。

気がつくとセキレイの番《つがい》は飛び去ったらしく、鳴き声も姿も見えなくなっている。

それに先ほどまで葉陰で暗くなっていた足下が、緑の小枝を縫うような木漏れ日で揺れて見える。陽が高くなったのだと長祐は思った。

館の上で誰かが指示を受けて大きな声で返事をしている。また、二人の目が同時に石段の一番上に声の主を探した。

やがて、先ほど竹水筒を持って上っていった門番が、石段を跳ねるように飛び降りて、二人の前に立った。

「お待たせした。お主の用向きが分かった故、身どもが案内致すので続かれよ」

そういうと、長祐の前に立って石段を登り始めた。二〜三段上ったところで相方が成り行きに不安を抱えながら見ている一方へ振り返った。

「この御仁を御用人様のところへお連れして参る。よって、すぐに戻る故、お主はそのままお役目をな……」


石段を登り詰めると、すぐに本堂らしい建物が見えた。その側に厨《くりや》と脇堂が並んでいて、脇堂に案内されると用人らしい壮年の男が待っていた。

「よくおいでになられた。まずは上がられよ。程なく殿（織部）もお見えになる」

長祐はこれで役目が半分果たせたと思い頭を下げた。

用人と入れ替わるように一人の男が入ってきた。通された部屋はどう見ても茶室である。ただ部屋は畳敷きではなく板張りである。炉の周りと客が座る場所に一畳ほどの薄い畳が置かれている。

ふっくらした顔に大きな鼻、口元に口髭を薄く生やしている。男は茶席に座りながら長祐に向かいの客席に座るよう無言で促した。

「儂が織部じゃ、この竹水筒を持参したのはその方であるな」

「いかにも、手前が主人に持たされた物でござります」

長佑は二〜三度見かけたことのある織部に緊張しながら答えた。

「門番どもに色々言われたそうだのう」

「いいえ、滅相もござりませぬ。こちらが身分を明かしていないのですから、お役目ごもっとものことでござります」

長祐が主人の名を言わなかったことについて、織部は師・利休の心遣いを感じていた。

「まだまだ関白殿下のお怒りが収まっておらぬ。我らに大意がないとしても、先方からすれば、些細なことにも疑って掛かるのも道理じゃ」

織部は関白の怒りが収まらぬのは、その周辺の取り巻きによる讒訴《ざんそ》が収まらぬからだと思っている。権力闘争は敵対する意見を常に黙殺することから始まる。本来なら、異論を許容する力がなければ権力は続かない。

「ところで、其方には二～三度会ったことがあったな。名はなんと申したかのう」

「楽長祐と申します。織部様も我が父・楽長次朗をご存じかと思いまするが」

「おお、そうじゃ、楽家の息子殿であったな。それはそうと長次朗が逝ってどのくらい経つ？」

「天正十七年に他界致しましたので、まる二年ほどになります」

織部は聚楽第建設の折り、長次朗が瓦職人だったことを思い出した。その長次朗が食事の際、自作の茶碗で湯を飲んでいたのを利休がたまたま見つけ、以後、側に置いて焼き物を焼かせたのである。

長次朗の茶碗は粘土を手びねりで造作しているので、分厚く、また歪な形をしていた。ほとんど黒く焼き上げられた茶碗は瓦の土の色そのものである。

しかし、利休はそこに美を見たのである。

「そうであったか、寂しくなったのう」

「いえ、お言葉ありがとうございます。父亡き後は利休様が我が父でございました。堺へ戻られる度に、手前をあちこちとお連れいただき、茶のことを色々と教えていただきました」

「うむ、そうであったか。ならば其方は果報者よ。天下一の茶人に色々と教わったのだからのう」

長祐は織部に言われて今更ながらに利休が自分をここに遣った訳を思い知った。

「それはそうと、本日、其方を儂のところへ何故、利休様が使わされたのじゃ?」

「そのことでございますが、正直、手前も何故、織部様をお訪ねするよう申しつけられたのか分かりませぬ。ただ、利休様が申されたのは(織部様に聞かれたことに、其方が見聞きしたことを正直にお話し申せ)ということだけでございました」

織部は利休が長祐に何を託そうとしたのか分からなかった。

「ところで、その笈の中身は何じゃ? 用人が申すには利休様が儂になんぞ授けてくださるとのこと。遺品でも持って参ったか?」

言われて長祐は半歩後ろに下がると頭を畳に付けた。

「申し訳ござりません。この笈の中は空でございます」

そういって、笈の蓋を取り中に何もないことを織部に見せた。

「うむっ、空だと。では何故、それをここまで担いで参った?」

師・利休を淀に見送った後、利休から礼の手紙と茶杓が贈られている。その茶杓の銘は『泪』と呼ばれ、今日にも伝わっている。改めて形見分けでもあるまいと思っていた。

「正直、空の笈を背負っていけと言われたときは意味が分かり申しませんでした。そこで、何故、空の笈を持っていくのかと訊ねますと、（其方が道中、何かの不具合で笈の中身を役人どもに問われたとしたらどうじゃ。織部殿に迷惑の掛かるのは必定。とはいっても何も携えず訪ねては、この利休の思いは運べぬ。中には儂が心が詰まっていると考えよ）と申されたのでございます」

織部は利休の心の深さに感動した。

「なるほどのう、それならば師の心というものを其方に訊ねばなるまい」

織部は有馬で利休と湯船をともにしたときのことを微かに思い出した。なるほど、湯船で何度も問うた利休の工夫の秘密について、（この男の口から聞け）ということではあるまいかと思い至った。

「ちと訊ねるが、利休様は方丈の茶室を、何故待庵のように狭くしたのであろうか？」

「手前が聞きおよぶ範囲ではござりますが、堺の町の東に古墳群があるのをご存じでござりましょうか？」

話が堺の古墳と聞いて、一体何を言い出すのかと織部は思った。

「これは師より散策の折りに聞いたことでございますが、子供の頃、堺に与四郎と申す利休様と同じ名の子供が居ったそうでございます。それが堺の町の大火で、その子が焼け出され、浮浪児同様になったと聞いております。その方は武士の子であったそうですが父親を中国で亡くし、その家人で商人になった者に育てられていたとのこと。焼き出され、行くところに困ったのでございましょう。古墳の一つを塒とするようになったとのこと。茶を紹鴎様に習っていた同門ということで、師は何度となくその古墳を訪ねたとのことでござります。若い頃のことでございますから、遊び半分と好奇心であったと思われます。と ころが、その暗く狭い空間で話すと、人としての垣根が無くなるばかりか、互いの心が一つに繋がるような心地がしたと申しておりました」

「さすれば、待庵はその古墳の空間の再現になると言うことだな」

「はっきりとは申せませぬが、古墳の中に躯を屈めて入るのは、『躙り口』の着想かもしれませぬ」

織部は利休が話して聞かせているような気がしてきた。

「ところがその時、そのお子は近所にいて、やはり孤児になった女の子を連れておりましたそうな。その子が、ふとしたことから堺の町を取り囲んでおります堀の中に落ちて亡くなったのでござります。ある時、師がその古墳を訪ねますと焼けて黒くなった茶椀と竹筒に花が生けられていたとのことでござります」

「ふむっ、師がよく仰せであった『茶は古き心なり』と申されたのは、このことであったのだな」

確かに、秀吉の命で上坂した博多の豪商・神谷宗湛の日記に、利休が供応した茶席で黒茶碗を用い、そのわけを訊ねると（黒は古き心なり）と云ったと記されている。

織部は利休が（我が茶は己一代限りのもの）と言っていた意味が、また、作意の源が分かった気がした。


二人の話は、これからの茶の進むべき道にも及んだ。

「利休様は常々仰せでござりました。我が亡き後は織部が新しき景色を作るであろうと」

「そう申されたか、我が身の荷物は重くなりそうだのう。確かに其方の持参した笈の中には、途方も無い師の箴言が詰まっておった。さぞかし重たかったであろう」

織部は顔を崩して長祐におどけて見せた。そして、その仕草に長祐も声を上げて笑った。

脇堂の外で小さな鳥らしい鳴き声が『チチッ、チチッ』としたのを聞いて長祐は利休も一緒になって笑っているのだと思った。

（了）

編集部註／作品中に一部差別用語とされている表現が含まれていますが、作品の舞台となる時代を忠実に描写するために敢えて使用しております。

【参考文献】

『歴史発見（6）』ＮＨＫ歴史発見取材班
『千利休（無言の前衛）』赤瀬川原平
『千利休（その生涯と茶の湯の意味）』村井康彦
『利休とその一族』村井康彦
『図説「千利休」その人と芸術』村井康彦
『史料による茶の湯の歴史』熊倉功夫
『茶道盛衰記』原田伴彦
『信長と織田軍団』学研・歴史群像シリーズ
『現代語訳・信長公記』（太田牛一）榊山潤
『応仁の乱』呉座勇一
『古田織部とその周辺』久野治
『もっと知りたい千利休』宝島社
『織田信長』童門冬二

# あとがき

二十年ほど前、仕事で堺近くにあった工場を訪ねた帰りのことです。

何気なく眺めていた阪和線の車窓に突然、大きな古墳が飛び込んできました。

出張の際、必ず訪問先を地図で下調べをするのを常としていましたが、この時は古墳のことなど思慮の外だったと思います。

それが、迫るような古墳の杜を目の辺りにすると、天王寺までの切符を放棄して、気がつけば百舌駅に下りたっていました。

それは歴史の教科書で何度も見たことのある『仁徳天皇御陵』であります。

引き摺られるように御陵の前に立つと、古代の王の力をまざまざと見せつけられたのです。前方後円墳の全体こそ見えませんが、深く巡らされた堀は被埋葬者を大きな結界で守っているように見えました。

そのとき、呆然と佇立している私に、背後から年配らしい男性の声がかかりました。

「ボランティアの者ですが、ご案内しましょうか」

私は反射的に頭を下げていて、その結果、彼の説明を三十分ほど聞くことになってしまいました。

彼に取っては喋り慣れた言葉をなぞっているだけなのかもしれませんが、私が反応良く頷くのを見て、彼がガイド冥利の極みにあることがすぐに分かりました。

説明の最後に（もし時間があるのなら周囲にある陪臣の古墳も見て帰るように）と笑顔付きのアドバイスを受けたのです。

そして、彼が手渡してくれた百舌古墳群のパンフレットを開いてみると、堺の町がコンパクトにまとめられていて、ピックアップされた名所の中から、なぜか『利休の屋敷跡』の表示が目にとまりました。

「すみません、利休の屋敷跡までここからどれほどでしょう？」

実際に見た古墳の感慨を側に置いて、好奇心が口から出ていました。

「そうですなぁ……、一キロ半ほどでしょうか。見て帰られるんですか？」

私は歩いても三十分は掛かるまいと、胸算用を決め込むと、パンフレットの略図を見ながら利休の屋敷跡を目指すことにしました。

もちろん、ボランティアに薦められた仁徳天王御陵の側面にある陪臣古墳の一つを見てこの丘陵を下っていくことにしたのです。

古墳の周濠を巡り終えて円墳と方墳が交わった、くびれの部分に来たときです。濠の水を環流しながら外へ流している水路に出ていました。

そのときです、私の一間ほど先に二羽の鶺鴒《せきれい》が舞い降りてきたのです。

頭の中が次に訪ねようとしていた『利休の屋敷跡』のことで一杯になっていたせいか、黒い背中に白い腹のイシタタキが道服姿の茶人に見えたのであります。

白い木綿の小袖に黒い道服を纏った様は、利休が私を迎えにきたのだと思いました。なだらかな丘陵を後ろから押されるように下った先に、屋敷跡はビルに挟まれるようにひっそりと私を待っていました。

御陵を見つけて百舌駅に遊んだことによって、古墳の大きさだけでなく、思いも掛けぬかたちで利休の昔を訪ねることになったのであります。

帰りは南海電鉄の堺駅から難波へ出ることに決めて、揺られる車窓の中で本作の構想が面白いように生まれたのを思い出します。

その後、二度ほどプライベートでこの地を訪れましたが、作品を完成させるには永い時間を必要としてしまいました。

なぜなら、この作品の「七、二人の与四郎」を書き始めたとき、八尾に住んでいた実弟が早世したのです。それで書き出しの原稿二枚を彼の棺に入れ、しばらく筆を置くことにしました。

そのようなわけですっかり、この作品のことを忘れていました。しかし、彼の十七回忌が近づくにつれ、荼毘に伏した原稿のことを思い出したのです。そこで自分に残された時間のことも考え、昨年、物語を完成させることにしたのであります。

人が一つの作品を紡ぎ終えるのに、多くの人達の存在が欠かせません。

最後にこの作品を上梓するにあったて、郁朋社の佐藤氏をはじめとする編集の方々のご尽力にこの場をかりて感謝申し上げたいと思います。

また、郁朋社の佐藤氏とのご縁を繋いでくださった文学街の森氏にも合わせて感謝申し上げます。

令和三年七月

たぢから　こん

【プロフィール】

1948 年　北九州（八幡）に生まれる。
還暦の歳、棺桶に釘うたれる前にと一念発起して執筆活動に入る。
2020 年　石油・化学プラント用機械装置メーカーの役員を退任。
以後、歴史時代小説に挑戦し今日に至る。


利休《りきゅう》ノート　いしたたき

2021 年 8 月 12 日　第 1 刷発行

著　者 — たぢから　こん

発行者 — 佐藤　聡

発行所 — 株式会社 郁朋社《いくほうしゃ》

〒 101-0061　東京都千代田区神田三崎町 2-20-4
電　話　03（3234）8923（代表）
ＦＡＸ　03（3234）3948
振　替　00160-5-100328

印刷・製本 — 日本ハイコム株式会社

落丁、乱丁本はお取り替え致します。

郁朋社ホームページアドレス　http://www.ikuhousha.com
この本に関するご意見・ご感想をメールでお寄せいただく際は、
comment@ikuhousha.com までお願い致します。


 ISBN978-4-87302-738-8 C0093